847-345-8927

for Eric
Michelle
my recent mail
847-932-8632

Karin Brunk Holmqvist

ROSA ELEFANTER

KABUSA BÖCKER

Författaren har på Kabusa Böcker tidigare utkommit med:

Potensgivarna 2004 (pocket 2005)
Rapsbaggarna 2005 (pocket 2006)
Villa Bonita 2006 (pocket 2007)
Mintgrodornas återkomst 2007 (pocket 2008)
Sirila gentlemän sökes 2008 (pocket 2009)
Rosa elefanter (2009)
Stenhimlen (2010)

Rosa elefanter

Omslag Tintin Blackwell
Grafisk form Anna Henriksson
Första upplagan Kabusa Böcker 2009
Första pocketupplagan Kabusa Böcker 2010
Andra tryckningen
Tryck Norhaven A/S, Danmark 2010
ISBN 978 91 7355 151 9

Kabusa Böcker
www.kabusabocker.se

Kapitel 1

– Jag tyckte att jag såg någon i Bloms fönster, sa Selma Jacobsson och sträckte fram ansiktet mot bilfönstret samtidigt som hon kisade.

– Det är säkert Nils Blom som går igen.

– Han är död, din tok, fnös Selma.

– Det är väl klart att han är död annars kan han väl inte gå igen. Då hade det varit den riktiga Nils Blom. Artur Jacobsson greppade händerna hårt kring ratten när han svängde in på gårdsplanen.

Selma såg förvirrad ut ett ögonblick, men sedan återvände nyfikenheten och hon vände sig om och tittade på nytt mot Bloms hus. Artur stannade bilen och släppte av Selma vid kökstrappan, varefter han rattade bilen vidare över gårdsplanen ner mot maskinhallen där den brukade stå parkerad.

Selma hastade bort till köksfönstret och tittade snett över vägen mot Bloms hus, där den gula, rappade fasaden släppt på flera ställen och stora sjok hängde lösa. Hon ryckte till när hon hörde Artur smälla igen köksdörren.

– Jag tycker att jag ser någon i Jacobssons fönster också, sa han retsamt samtidigt som han satte sig på kökssoffan.

Selma gick snabbt ut i hallen och hängde av sig ytterkläderna.

– Nu är här snart inte glyttar så det räcker till för att hålla skola längre. Artur slog upp dagstidningen och försjönk i en artikel.

– Ja, dom lägger ner både skolor och affärer, suckade Selma. Snart lägger dom väl ner kyrkan också.

– Kyrkan kan man väl inte lägga ner? Artur såg fundersam ut.

– Det kan man väl ... lika bra som en skola.

– Fast det heter väl inte att "lägga ner" en kyrka. Det har jag i alla fall aldrig hört.

– Det är kanske för att här inte har lagts ner någon kyrka ... *ännu*, fortsatte Selma.

– I så fall blir det säkert någon upplänning som köper kyrkan och öppnar galleri eller sånt där bed and ... vad det nu heter.

– Breakfast, tillade Selma, inte utan stolthet i rösten.

– Det är som om folk inte har några hem att bo i längre, så som dom flänger runt längs vägarna.

I köket hos familjen Jacobsson var det som om tiden stått stilla. Blommönstret i korkmattan var uppslitet på de ställen där slitaget var störst. Det var som en liten väg från hallen och in till köksbordet och vid vasken hade det dessutom bildats små försänkningar i mattan. Köksfönstret var högt och vid sidorna hängde tunna nylongardiner med bleka ränder. I fönsterkarmen stod två rangliga, gröna växter och mellan dem stod ett litet etui gjort av olikfärgade pärlor som Selma köpt på Kyrkliga syföreningens auktion för många år sedan. Över det långsmala köksbordet hängde en mörkorange glaslampa som gav ett varmt, behagligt sken.

– Eller så öppnar dom en sån där nattklubb där, sa Artur och slog ihop tidningen

– Var då?

– I kyrkan så klart. Det är väl den vi talar om. Där finns en orgel som dom kan spela på och nattvardsvinet följer kanske med i köpet.

Selma fnissade och slog sig ner vid köksbordet. Hon tog en tandpetare från ett litet glas på bordet och började peta naglarna. Köket var rent och välstädat och det fanns en värme, inte bara från elementet utan också i form av enkel, mänsklig värme, som gjorde att köket trots sina brister föreföll trivsamt.

Ute var det däremot bistrare. Grådiset låg som en mörk tältduk över hela nejden och februarimörkret hade varit extra påträngande detta år. Trots att dagarna enligt almanackan skulle börja bli längre, märktes det ingen förändring.

Mitt på gårdsplanen stod den gamla obrukbara traktorn som ett monument över en svunnen tid. Vattenpölen under traktorn hade en oljehinna av skimrande färger i blått, lila och grönt. Lika skimrande som insidan på en mussla, såg vattnet ut. En glada seglade lågt över gårdsplanen, lätt igenkänd tack vare sin karaktäristiska, kluvna stjärt.

Selma reste sig och tittade tomögt ut över gårdsplanen. Blicken fastnade slutligen på räcket uppför kökstrappan där det hängde en kökshandduk i beige linne med ljusblå mönsterbårder och monogrammet SN. Handduken kom från Selmas hemgift och initialerna stod för Selma Nilsson. Hon hade själv broderat efter att först ha tråcklat fast stramalj. Inte hade hon tyckt det var roligt att i sin ungdom sitta och namna kökshanddukar inte.

Fast det skulle vara så. Man skulle föra med sig till sitt nya hem, och en del skulle man ha förfärdigat själv. Efter hand som handdukarna blivit slitna nyttjade Selma dem som trasor att torka av med lite varstans där det behövdes. Ibland kunde hon stå i köksfönstret och nästan blänga mot handdukarna. Hon kunde reta sig halvt fördärvad när hon tänkte på all möda hon lagt ner på dem. Alla dessa korsstygn! Och hon retade sig inte bara på broderiet, utan också på fållningen och att hon sytt i hankar att hänga upp dem med ... och nu hängde de där på räcket som gamla uttjänta trasor.

– Kan du fatta vad såna där broderier ska vara bra för, sa hon vänd mot Artur.

– Vad då för broderier? Artur lade än en gång ner tidningen på bordet.

– På handdukarna ... Herregud, jag vet ju att det är mina handdukar utan att jag skulle ha behövt brodera namn på dom. Kunde i så fall lika bra ha broderat MINA på dom.

Artur såg yrvaket på henne. Han förstod inte vad hon pratade om. Men Selma skruvade upp tonen ett snäpp, och sa irriterat:

– Det står förstås kvinnornas initialer på kökshanddukarna för att ni karlar aldrig rör dom ... eller?

– Mitt namn står broderat på våra lakan, sa Artur hastigt, i ett försök att undvika en besvärande diskussion.

– Har du broderat det själv kanske? fortsatte Selma. Sängen använder ni karlar förstås. Där behöver inte vara några broderier för att ni ska hitta dit. Sömn och älskog är det enda ni tänker på. Lika vresiga blir ni också om ni inte får det.

– Nu får du väl ge dig, människa. Artur reste sig. Hör du inte själv hur tosset det låter. Du ondgör dig över några slarviga lasor som hänger på köksräcket och plötsligt leder diskussionen in på vårt samliv. Artur sköt häftigt in en stol som stod i vägen, tog på sig kepsen och försvann ut.

Selma gick på nytt fram till köksfönstret. Hennes dåliga humör hade skingrats, och hon log där hon stod och såg sin man marschera över gårdsplanen. Ja, där går du Artur Jacobsson med din onda höft och dina uppslitna knän, men när du hoppar upp i sängen är du vig som en panter och villig alla dagar om så skulle vara. Hon var förstås tacksam och glad att han ville ha henne, för skönheten hade för länge sedan försvunnit inåt. Lite snarstucken hade Artur allt blivit med åren, men snäll och vänlig det var han och långsint det var han då rakt inte. Hon visste att dagens diskussion bara skulle föranleda skämtsamma kommentarer framöver.

Selma knep ihop ögonen så hårt att hon såg stjärnor på ögonlockens insida. Hela stjärnhimlen såg hon, små tindrande stjärnor som ändrade karaktär beroende på hur hårt hon slöt sina ögon. Hon öppnade vänstra ögonlocket och tittade mot väckarklockan. Det var en sådan där märklig kväll när sömnen inte ville infinna sig. Kroppen kändes trött och tung, men det var som om hjärnan gick på fullt varv. Några direkta bekymmer hade Selma inte som höll henne vaken, men ändå kändes alla tankar mer dramatiska när mörkret omslöt henne. Det där i Bloms fönster kunde hon inte släppa. Det var inte bara det att hon skymtat någon, hon tyckte också att hon sett en blomkruka i fönsterkarmen som inte stått där tidigare. Nils Blom och hans maka Nancy hade varit döda i flera år. De hade visserligen en dotter som ärvt huset men henne hade de bara sett någon enstaka dag och då under sommaren. Men, herregud, tänkte Selma, dottern har väl rätt att komma hit även under andra årstider. Men hon kunde ändå inte släppa tanken på grannhuset. Kanske det var sålt? Artur och hon hade ofta diskuterat hur det skulle bli om huset såldes. Vem som skulle flytta dit och om det skulle vara slut på friden längs den lilla byvägen? Huset lite längre ner hade sålts för bara någon månad sedan och även om de inte träffat de nya husägarna verkade något konstigt försiggå där. De hade satt upp ett stort kors i trädgården och byggt något som liknade ett altare framför. Vad höll på att hända med deras trevliga hörn av Skåne? Här bodde ju gudskelov bara *normala* människor annars, som Artur brukade säga.

Selma knep ihop ögonen igen och försökte tänka. Vad hette Bloms dotter? Jo, Disa hette hon. Selma öppnade ögonen igen och stirrade i taket. Lite märklig hade Disa alltid varit. Hon hade flyttat till Stockholm så snart hon gått ut skolan. Hade börjat på någon konstskola där uppe, mindes Selma. Inte var hon ofta och hälsade på sina föräldrar, men de gånger hon varit där, så reagerade ortsbefolkningen på hennes märkliga klädsel. Långa kjolar och schalar runt halsen i flera lager. Konstiga sandaler med en märklig pinne mellan tårna. Vad Selma hört var hon inte gift, och så hade hon flyttat utomlands, till USA, redan i ungdomen. Hå hå ja ja, nu blev Selma så uppkörd i huvudet att hon var tvungen att gå upp och dricka vatten. När hon närmade sig köket såg hon att Artur satt och sov i tevesoffan.

– Vakna, Artur, det är dags att gå och lägga sig.

Artur spratt till.

– Jag sover inte, Selma. Jag slöt bara ögonen en stund … men jag lyssnade, det gjorde jag.

– Förstår att du njöt. Rockmusik och skrammel har du ju alltid gillat.

– Det började nyss. Det var ett intressant djurprogram innan.

– Ja, ja, gå och lägg dig nu. Selma fnös. Lite irriterad var hon allt. Att han aldrig kunde tillstå att han somnade så fort han satte sig vid teven. Även om han snarkade så det skramlade i kaffekopparna på bordet erkände han det aldrig ”Man kan väl få sluta ögonen utan att man behöver sova”, brukade han svara. Visst kunde han sova i soffan i stället för i sängen, men snarkningarna var besvärliga. Ibland när hon ville se något debattprogram var hon tvungen att skruva upp volymen för att höra vad de sa.

Selma drack ett glas vatten och fyllde det sedan på nytt och tog det med sig in i sängkammaren. Lite av sängvärmen fanns fortfarande kvar, och Selma smackade belåtet och drog upp täcket till hakan.

– Släckte du smålamporna, Artur? sa hon när maken kom in i sovrummet.

– Det är som vanligt: du tänder och jag släcker.

De små prydnadslamporna var föremål för livliga diskussioner. Även om Artur inte var direkt snål, var han sparsam och tyckte inte om onödiga utgifter. Numera var deras marker utarrenderade och djurhållningen var borta, så när som på några höns som fanns i det gamla stallet. Men tidigare, då de båda arbetade i lantbruket som tillhört Arturs föräldrar, brukade Selma gå in lite tidigare på kvällarna till boningshuset för att förbereda kvällsmaten. Det första hon gjorde var att tassa runt och tända alla smålampor i hemmet. Ja, till och med i finrummet som de sällan använde. Där tände hon fönsterbelysningen i form av små gröna glaskäglor. Hon tyckte skenet var så hemtrevligt. Så fort Artur kom in gick han samma runda och släckte alla lampor.

– 40 watt gånger nio lampor. Det blir nästan tolv kronor i veckan, sa Selma spydigt för hon hade hört Arturs uträkningar så gott som varje kväll han släckt lamporna.

– Ja, där ser du, svarade Artur nöjt, eftersom han förstod att hans information gått in i huvudet på Selma.

– Oj, oj, oj. Tolv kronor i veckan på mitt nöjeskonto, sa Selma härsket.

Artur hann inte kommentera förrän han drog den första timmerstocken och hans snarkningar fyllde rummet.

– Fast dom står inte tända så länge på sommaren, fortsatte Selma sömnigt. Artur spratt till.

– Vad sa du?

– Jag sa att dom står inte tända så länge under sommaren.

– Då har du pengar över till en korv med mos på torget, lilla Selma. Han klappade lite tafatt på henne ovanpå täcket, vände sig och drog täcket över axlarna.

Selma låg vaken ytterligare en stund. De röda siffrorna på klockradion glödde som eldflugor i mörkret. På den gamla gungstolen med det ärvda randiga dunbolstret låg det virkade sängöverkastet vackert hopvikt. Selma hade virkat det själv. Det hade tagit ett par år att virka alla de små rutorna var för sig, och sedan sammanfoga dem. Artur hade varit lite irriterad ibland över hennes virkande men fått tillstå att det blivit vackert när det var färdigt och lagts på sängen. Han muttrade förstås över det de få gånger som han bäddade, eftersom han tyckte överkastet var så tungt att man nästan behövde ha en lyftanordning för att få det på plats. Men varje dag låg det där ändå, vackert utbrett över sängarna. Uppe vid huvudgärden satt under dagtid en zigenardocka, klädd i vacker röd sidenklänning med volanger. Selma var noga med att varje morgon drapera klänningen vackert runt dockan när hon placerade den. När Artur bäddat var dockan mest uppslängd utan känsla och ibland låg klänningen till och med över dockans ansikte. När de digitala siffrorna på klockan slog över till 23.15 somnade även Selma.

Utanför huset bet sig nattfrosten fast i grenarna på den stora almen vid inkörseln till gårdsplanen. Månljuset speglade sig i isen på vattenpölen nedanför kökstrappan och på räcket dinglade den broderade kökshandduken i den kraftiga blåsten. I de två grannhusen syntes gestalter röra sig i skenet av stearinljus.

– Herren kommer! Gör dig redo. Arne Hernemo knep ihop ögonen lika hårt som sina händer. Han stod framför ett bord, på vilket det låg en guldfärgad sidenduk som hängde ända ner till golvet. På bordet stod ett krucifix och en stor kandelaber med tända ljus. En bibel och en del skrifter låg i en trave ytterst på kanten. Arnes hustru Britt stod också med knäppta händer men med ett jagat uttryck i sitt ansikte. Hon var klädd i en helveckad grå kjol till vilken hon bar en grönblommig blus i konstmaterial med knytning i halsen. Hennes hår var kort och permanentat. Hon stod stadigt i ett par kraftiga promenadskor med snörning på en sliten Wiltonmatta. Hemmet var spartanskt inrett med enkla möbler och färgkombinationer som skulle ha gett en homestylingexpert klåda i fingrarna. Väggarna var kala, så när som på två stora foton, ett av Arne Imsen och ett av Målle Lindberg omgivna av tunga guldramar.

– Är du redo att ta emot Herren, Britt? sa Arne i en nästan anklagande ton.

– Jag är redo, svarade Britt med tunn och ömklig stämma.

Arne mumlade en bön medan Britt stod allvarlig med nerböjt huvud, fortfarande med händerna hårt knäppta.

Maken fortsatte att mässa något obegripligt med en röst som en auktionsförrättare. Slutligen sjöng han utdraget och med eftertryck, *Aaammen.* Han blåste häftigt ut ljusen varefter han liksom intog en annan skepnad. Hans tidigare strama hållning sjönk ihop och den helgongloria som tidigare tyckts omgärda honom, försvann plötsligt och hans ovårdade, feta hår var en kontrast till Britts nästan pedantiska uppsyn. Arne gick fram till teven och slog på en gammal westernfilm. Han satte sig förnöjt i soffan där en rutig pläd dolde de värsta skavankerna. Hustrun gick med nästan tassande steg försiktigt ut från rummet.

När de röda siffrorna på Selma och Arturs klockradio slog om till 06.00 och gryningen började smyga sig på, visste ingen av dem att den nya dagen skulle innebära inte bara vånda, utan även nyfikenhet.

– Vad var det jag sa, sa Selma när hon kom in i köket efter att ha varit ute och hämtat in dagstidningen från postlådan.

– Vad har du sagt?

– Att där är någon i Bloms hus.

– Det var som fan. Artur hängde sig fram mot köksfönstret lagom för att se Disa promenera iväg längs vägen.

– Där ser du. Det är inget fel på min intuition.

Artur tittade storögt på sin hustru men han frågade inte vad intuition betydde, för han kunde ändå ana vad hon menat. Något överläge ville han inte att Selma skulle få så tidigt på morgonen. Arturs panna låg i djupa veck när de satte sig vid frukostbordet.

– Såg du vem det var? frågade han.

– Inte är jag säker. Jag har inte sett Disa på många år, men det liknade henne i alla fall ... SLUTA ARTUR. Selma höll för öronen och knep ihop ögonen. Artur hade för vana att dra ut sina fingrar, långsamt och en efter en, tills det knäppte i alla fingerleder. Ibland var det något finger som inte ville knäppa, och då tog han ett ännu djärvare tag om fingret. Han var inte nöjd förrän alla fingrarna givit ifrån sig ett krasande ljud.

– Så du säger det, Selma.

– Ja, jag säger det. SLUTA, för Guds skull.

– Att det var Disa, menade jag.

– Jag sa *inte* att det var Disa, jag sa att det liknade Disa ... Du kommer att dra fingrarna av dig en vacker dag och då kan du sitta där med fingrar som hänger lösa som dinglande kospenar.

Selma bläddrade intensivt i dagstidningen, ja, hon nästan slet upp varje nytt uppslag.

Artur bredde omsorgsfullt sin smörgås och hällde upp mer fil på tallriken. Han kände att han hade irriterat Selma och att det var bäst att byta ämne. Han tog skeden och rörde runt i filen.

– Inte är filen som den var förr inte, sa han stillsamt.

– Hur då, menar du? Selma lade ner tidningen.

– När man satte mjölken i fönsterkarmen på sommaren och gjorde sin filmjölk själv.

– Ja, god var den förstås, men det var ändå ganska ohygieniskt med alla flugor och andra kryp som flög runt filbunksskålarna.

– Så klart, men då tänkte man inte så. Inte var ungarna sjuka så ofta på den tiden heller. Nu är det så mycket konstigheter. Lite skit skadar ingen. Se på Kajsa och Björn, dom är ju dåliga för jämnan.

– Äsch, så farligt är det väl inte.

– Virus, allergier och annat fanskap. Jag tycker att Elna är hemma från arbetet allt som oftast för att barnen är sjuka. När Selma inte svarade fortsatte Artur: Det ska fan vara arbetsgivare i dag.

– Så är tiderna nu, slätade Selma över.

Sonen Klas och svärdottern Elna bodde i en modern villa i Simrishamn. De hade två barn, Björn som var tio år och Kajsa som var fem. Eftersom Selmas och Arturs hus i Tommarp var beläget knappt en mil därifrån, träffades de ofta och passade även barnbarnen när det behövdes. Artur tyckte givetvis om sina barnbarn, men han tyckte att det var ett jäkla klemande med dem. Högljudda och oroliga var de. Ibland fick Artur till och med gå ut och vila öronen när de var på besök.

– Jag tar bussen till Simrishamn i dag. Selma vek ihop tidningen. Jag ska till banken och jag behöver ett par nya promenadskor.

– Jag kan köra dig.

– Äsch, det är billigare med buss och dra runt med dig i affärer gör mig nervklen.

– Du ska då alltid överdriva. Hade du inte varit så gammal, kunde du ha sökt in till Dramaten. Artur gav Selma en vänlig klapp på kinden.

Selma hade många tokiga minnen från gånger då Artur varit med och handlat. En gång då de varit på Ikea för att köpa nya madrasser hade hon plötsligt blivit av med Artur. Hon hade letat runt på avdelningen tills hon såg en klunga människor stå och fnissa vid en vardagsrumsinteriör. När hon kom fram såg hon Artur sitta och sova i en fåtölj. Fötterna hade han lagt upp på fotpallen och snarkningarna hördes lång väg. Ja, oengagerad var han när han följde med i affärer, så det undvek hon.

När Selma promenerade längs vägen mot busshållplatsen försökte hon obemärkt att titta extra länge mot Bloms hus. Jodå, hon hade rätt. Där stod en blomkruka i fönstret, och inte sätter man dit en sådan om man bara kommer för att titta till huset. Hon suckade. Nåja, Bloms hade varit rejäla människor och Disa var säkert bra hon också, även om hon i alla fall tidigare varit lite udda.

Selma var mer orolig för det där paret som hyrt huset lite

längre bort. De verkade skygga och hade inte ens presenterat sig. Hon och Artur hade diskuterat dem med andra i byn, men ingen visste något om de nya husägarna. När Selma gick förbi deras hus såg hon att de höll på att resa ett stort tält i trädgården. Inget vanligt campingtält, utan ett riktigt stort, nästan som ett cirkustält. Selma sträckte extra på nacken och såg flera personer i trädgården. Plötsligt vände sig Selma häftigt om och vred på huvudet så hon kunde se baksidan av benen. Tänk, det var en rörelse som suttit som gjuten i henne under alla år. Nästan som hon var programmerad. Ända sedan nylonstrumpornas tid. Ja, det hade varit ett elände med de där nylonstrumporna med söm. Sömmen hade alltid snott sig och ibland suttit på insidan av benet. På den tiden gick kvinnorna mest baklänges för att kolla sömmarna och genast kunna rätta till dem om strumporna började skruva sig. Strumpebanden hade inte varit mycket bättre. Hon hade försökt spänna strumporna så hårt som möjligt och ibland råkat fästa strumpebanden så långt ner på strumporna att det gått hål och maskorna runnit som små bäckar längs benen. Om de inte hann komma nedanför klänningskanten tog man snabbt upp en flaska nagellack för att hindra maskorna att kila vidare. Tänk att den rörelsen kunde sitta kvar i kroppen efter alla dessa år!

Selma rättade på ryggen. Det var en lagom promenad ner till stora vägen där busshållplatsen var belägen. De hade till och med satt upp en liten busskur så man bekvämt kunde vänta på bussen. De österlenska, vassa vindarna var kända, och man talade om att under vintern kunde fem skånska minusgrader kännas lika kalla som när det var tjugo minus i Norrland.

Frosten hade tack och lov inte varit så besvärande i år, men vindarna och grådiset gjorde att Selma kände sig lättad när hon klev in i busskuren. Hon satte sig på bänken och placerade väskan i knäet.

Ibland kände hon sig nästan orolig för sig själv. Hon kontrollerade och kontrollerade. Var busskortet där ... och portmonnän? Var hade hon lagt näsduken, ifall att ... och spegeln. Försvarets hudsalva var också viktig. Utan alla dessa prylar lämnade Selma aldrig hemmet. Hon grävde i väskan och först när hon tyckte att läget var under kontroll kunde hon slappna av. Men efter bara någon minut genomförde hon samma ritual. Ibland undrade hon hur det skulle gå om Artur och hon skulle flyga på semester. Packning, biljetter och hotelladresser. Men det hade inte varit aktuellt. De tog bara en bussresa någon gång och de var så välordnade att man inte ens behövde fundera på om man var kissnödig. Kisspauser, de olika utflykterna som arrangerades och måltider fixade chaufförerna med. Ja, bussresor gillade hon och Artur, det gjorde de. När bussen syntes vid kröken reste sig Selma. Hon kontrollerade ännu en gång att hon hade allt med sig innan hon steg upp på bussen.

Kapitel 2

Disa Blom snubblade över en kartong som stod på köksgolvet och hon sparkade den åt sidan med sina kraftiga boots. Utöver tre stearinljus på bordet fanns det ingen belysning. Det luktade unket och gammalt i huset. Från transistorradion på skänken utmed ena långväggen ljöd Bob Dylans *Blowin' in the wind*. Dylands mjuka röst kändes lite malplacerad i det ålderdomliga köket men hjälpte Disa att slappna av och tänka positivt. Hon satte sig vid köksbordet och det rasslade i hennes många armband som gick från handleden och en bit upp på underarmen. De blanka berlockerna blixtrade när ljuslågorna träffade dem. Hon slöt ögonen i samma stund som det small till i ena hörnet. Disas ansiktsdrag hårdnade och hon reste sig och hämtade en ficklampa varefter hon satte sig på huk i hörnet varifrån smällen kommit. Hon tog försiktigt, och med avsmak, bort den döda musen ur fällan, öppnade dörren mot trädgården och kastade ut den ovälkomna gästen i buskarna.

Disa hade andra gäster också: gråsuggor i köksskåpen och silverfiskar i vaskskåpet. Var det något hon tyckte illa om så var det småkryp, och de förbaskade mössen, som hon hörde gnaga uppe på vinden. En idé slog henne plötsligt. Hur var det nu? På ett av de ashram hon bott i Indien hade de haft någon form av rit för att skrämma bort och utrota smådjur. Hon mindes att hon skrivit ner den någonstans. Kanske låg pappret i hennes yogabok. Hon försvann så snabbt in i rummet att det klirrade i pärldraperiet. Hon log när hon kom tillbaka. Det hade fungerat i Indien, nu återstod att se om det fungerade i Tommarp. Enligt lappen skulle man knyta en scarf om brösten och stoppa ner brödsmulor i den. Därefter skulle man tända ljus som ställts i en ring med rökelsepinnar mellan varje ljus. Sådana hade hon gott om. Hon läste vidare på lappen: man skulle dansa runt ljusen och rökelsepinnarna samtidigt som man framkallade någon form av lockrop. Tanken med det hela var att brödsmulorna och ritualen väckte någon instinkt hos småkrypen. Avslutningsvis lämnade man tältet, eller huset som i detta fallet, och tömde ut brödsmulorna som skulle locka djuren till sig. Disa satte sig vid köksbordet och tveksamheten fyllde henne. Men vad då? Ingen såg henne och det var värt ett försök. Disa tog av scarfen hon hade runt halsen, lyfte på tröjan och band scarfen om brösten. Därefter öppnade hon brödburken och smulade sönder två brödskivor och fördelade smulorna jämt över sina bröst. Hon tände ljusen och rökelsen, varefter hon började dansa runt i köket. De där lockropen mindes hon inte riktigt, men hon framkallade ändå ljud som liknade någon form av jojk. Hon dansade och dansade, och plötsligt var det som om hon befann sig i trans. Hennes andhämtning blev tyngre och tyngre, och skuggorna lekte på väggarna.

Efter en stund släckte hon ljusen och gick ut på trappan. Hon kisade när hon kom ut från det mörka köket. Hon lyfte på tröjan, tog av scarfen och försökte få bort brödsmulorna, men Disa hade svettats under dansen och brödsmulorna satt fast på brösten. Hon knep fast tröjan under hakan, så att brösten blev bara, och försökte plocka bort smulorna, en efter en. Det var besvärligt, och slutligen liksom svängde hon till med brösten för att försöka få bort de sista smulorna. Just då kom postbilen förbi, och hon hann se brevbärare Arvartssons förvånade blick.

Nöjd och belåten med att de kliande brödbitarna äntligen lossnat såg Disa ut över trädgården. Den var vildvuxen. Man kunde med svårighet urskilja var rabatterna funnits och i uthuset hade översta hängslet på dörren släppt. Dörren lutade utåt i en svag vinkel och det gnisslade till varje gång vinden tog tag i den. Inne i uthuset fanns staplar med packlådor, en gammal rostig cykel och en vedstapel. Spindelväven i det lilla, spröjsade fönstret låg som en tyllgardin från karm till karm och även i dagsljus var det nästan omöjligt att se genom det. I den gistna fönsterkarmen stod en gammal oljekanna och en plåtask med ventilgummi att lappa cykeldäck med. Lådorna både inne i huset och i uthuset vittnade om att huset skulle få nytt liv.

Som vanligt när Selma hade åkt någonstans vandrade Artur fram och åter i huset. Först satte han sig i soffan inne i teverummet. Rak i ryggen och med vilsen blick. Sedan promenerade han in i finrummet och gick en tur där, för att därpå vandra ut i köket och in i sängkammaren. Där lade han sig på sängen, för att nästan genast resa sig igen och gå motsvarande tur åt andra hållet. Han förstod inte själv varför han var så rastlös så fort Selma lämnade huset. Ibland funderade han på hur det skulle gå om hon dog före honom. Tanken var skrämmande. När Artur gått samma tur ett flertal gånger gick han ut på gårdsplanen. Han tog soppåsen, som Selma satt på trappan, och gick ner till infarten och kastade den i soptunnan. Han stannade upp och lyssnade. Vad i herrans namn var detta? Psalmsång mitt på ljusa dagen, och högt och bullrigt dessutom. Var det den där Disa måntro? Han ville inte gå ner längs vägen eftersom han tyckte det skulle verka nyfiket. Han stod kvar en lång stund och lyssnade. Nu hördes hamrande och bankande. Det var då märkligt. Här var annars så tyst och rofyllt. Musiken tystnade, och Artur hörde bara bankandet och katten som satt och jamade vid det tomma mjölkfatet på trappan. Så plötsligt bröts tystnaden igen. Var det en psalm? Nej, det lät mer som en sådan där hellörad sång. Artur satte handen för ena örat så den bildade en tratt.

”När min vandring ändats, jag av glansen bländas, som från himlen strålar uti morgonljus.”

– Nej, nu jädrar, sa han tyst till sig själv och sparkade undan det tomma mjölkfatet så katten jamande försvann under trappan. I ivern glömde Artur att ta av sig skorna. Han öppnade dörren mot trappan som ledde upp till vinden. Det knarrade i golvbrädorna när han gick bort till gavelfönstret och försökte öppna det. Det hade inte varit öppet på många år och han fick lägga på hela sin kraft innan det for upp med en smäll.

”Jag har ett hem, ett underbart hem bortom gyllne sol”, skränade musiken. Artur sträckte sig ut genom fönstret och kunde då se hela grusvägen ner mot stora vägen. Han tittade först mot

Disas hus, men där verkade det tomt och öde. Så fästes blicken mot Hernemos hus. Arturs ögon vidgades och han glömde svälja, varvid lite saliv rann ut i ena mungipan.

– ”Jag har ett hem, ett underbart hem”, härmade Artur. Eller *hade,* tänkte han. Vad i herrans namn var detta för spektakel? Ett stort cirkustält intill en grusväg i Tommarp! Nej, det var då mer än han mäktade med ... och så den förbannade sången. Han satte sig på en gammal resväska nedanför fönstret. Blicken flackade runt i vindsutrymmet. Tomlådor, mattor, ställningen med hans gamla frack och Selmas avlagda klänningar. ”Herren vill jag lova för hans stora gåva.” Artur gnisslade tänder, reste sig och gick bort och smällde igen fönstret. Han sjönk åter ner på resväskan. Han ryckte till när han hörde dörren slå igen där nere.

– Vad gör du där uppe, Artur? Selma lät förvånad.

Lite ertappad kände han sig, det gjorde han. Han gick bort mot trappan och skymtade Selma där nere.

– Har du skorna på dig inomhus! Tonen var anklagande, och han böjde sig genast ner och snörade av sig skorna och höll dem sedan i handen medan han gick nerför trappan.

– Fick du tag på några skor, sa Artur med spänd röst.

– Jo, men inga *inneskor*, fräste Selma.

Artur gaskade upp sig och sträckte på ryggen:

– Det finns viktigare saker att diskutera än skor.

Selma hängde av sig ytterkläderna, lade in varor i kylen och de satte sig sedan vid köksbordet.

– Menar du huset mitt emot Disas?

– ”Bortom gyllne sol.” Det är så man inte tror att det är sant.

Artur rev sig i sitt grå, tunna hår.

– Spar det lilla hår du har, Artur, sa Selma och tittade förundrat på Arturs ivriga slitande i håret.

– Hörde du inte? sa han plötsligt och lade händerna på bordet.

– Lomhörd är jag inte ännu, och det finns väl inte en vettig människa som inte hör detta skrålande … Och ser tältet.

– Jag såg det från vinden. Hoppas att det inte är Kiviks marknad som flyttat sina bopålar hit.

– Tror du att det är något sånt där frikyrkligt?

– Då ska dom inte vara fria så länge till, så sant som jag heter Artur Jacobsson.

– Det stod en blomkruka i Bloms fönster. Jag är säker på att Disa flyttat hit.

– Ja, en olycka kommer sällan ensam. Artur tog på sig sin gamla slitna parkas.

– Vart ska du? Selma såg orolig ut.

– Jag ska gå ner och fråga om dom behöver någon förstärkning i hallelujakören.

– Artur!

– Vill du att det ska bli några jädrans väckelsemöten här kanske? Ja, väcka nattsömnen kommer dom i alla fall att göra.

– Säg inget dumt, Artur, vi vet ju inte vad det är eller kommer att bli.

– Det är det som jag ska ta reda på.

Selma reste sig som om hon ville hindra honom att gå. Han ignorerade henne, drog in ett djupt andetag, och smällde igen köksdörren efter sig.

Selma vandrade oroligt fram och åter. Hon tittade neråt vägen, suckade och satte sig på nytt vid köksbordet. Hon tog fram sin beige tygkasse som hon fått gratis och som hon använde ibland när hon skulle till stan. Hon hade passat på att gå till biblioteket när hon ändå var i Simrishamn. Det låg så bra till, precis intill busshållplatsen. Hon njöt av att gå där inne i de vackra lokalerna. Ibland satte hon sig ett tag och tittade i någon veckotidning medan hon väntade på bussen. Hon hade visserligen en lånebok som hon inte läst ut ännu, men hon hade ändå fallit för frestelsen att låna ytterligare en nyutkommen bok av en engelsk författare som hon tyckte verkade bra. Hon bläddrade försiktigt i boken och fnös plötsligt föraktfullt i sin ensamhet. Hon hade kommit att tänka på Brita Olofsson som också bodde i Tommarp. Ibland hade Selma försökt att diskutera litteratur med henne eftersom hon visste att hon läste mycket. Ja, de tog ibland samma buss hem också. En gång hade Brita sagt att hon läste en bok som var så dålig. När Selma hörde vad det var för bok hade hon sagt: ”Den tycker ju alla om.” ”Där är för långa kapitel”, hade Brita svarat. Hon hade sagt att när hon började på en bok bläddrade hon alltid framåt i boken för att se hur många sidor där var och om det fanns kapitelindelning. Fler än fyra sidor i ett kapitel fick det inte vara. ”Är boken för omfattande med för långa kapitel och dessutom inte många dialoger, då är det precis som jag tappar lusten med en gång”, hade hon sagt. Innehållet i böckerna hon läste sa hon sällan något om. Inget om intrigerna eller om hur romanfigurerna växte som människor. Selma kände sig rent matt i kroppen när hon talade litteratur med Brita. Ja, så matt att det kändes som armarna fyllts med något och tyngdes ner. Det kändes nästan som om hon skulle kunna klia sig under fötterna utan att böja på sig, ja, så kände hon det. Långa kapitel ... ja, Brita Olofsson var verkligen ett kapitel för sig.

Artur klev med bestämda steg ner längs vägen. Psalmsången hade tystnat och det hördes bara ivrigt hamrande och lågmälda röster från trädgården. Artur tvekade, sedan knackade han hårt på dörren som vätte utåt vägen. Dörren öppnades försiktigt och en dam tittade förskrämt ut.

– Är det här det ska bli cirkus? Gratisbiljetter behöver vi inga, för hela eländet hörs ända hem till oss ... som om ni satt och spelade i köket, fräste Artur.

Damen knep ihop ögonen som om hon inte ville konfronteras med Artur. Sedan tog hon liksom sats:

– Jaså, ni är grannen här ovanför, sa hon med vänlig röst. Hon sträckte fram handen. Jag heter Britt Hernemo och vi har nyss flyttat hit.

Artur tyckte att kvinnan såg så vek och rädd ut att han skämdes för att ha skrämt henne. Han hade tagit i för mycket. Det där hetsiga humöret han hade var hialöst ibland. Han sträckte fram handen:

– Artur Jacobsson ... Min fru heter Selma. Artur log skevt.

Plötsligt kom en man inifrån huset och knuffade undan Britt på ett brutalt sätt.

– Vad gäller det? sa han.

Artur hade inga problem med att slå på ilskan igen när han

såg mannens arroganta uppsyn och på sättet han föst undan sin hustru på.

– Vad det gäller? Det var precis det jag kom för att fråga, sa Artur.

– Det är vår granne, Arne, fogade Britt försiktigt in.

– Dom kan väl inte tränga sig på hur som helst för det. Arne gav sin hustru en blick till bredden fylld av förakt samtidigt som han puffade henne längre in i hallen.

– Kan jag få ett svar på vad som händer här? Har ni bygg-nadslov för tältet? Vad musiken anbelangar så är den mer än störande ...

Arne avbröt Artur:

– Det är ingen musik ...

– Då är vi överens på en punkt i alla fall. Det är ingen musik, det är skrål.

– Jag menar det är psalmer ... eller religiösa sånger, tillade han snabbt.

– Det är inte förmildrande omständigheter, det låter för jäkligt.

– Herren hör dig, sa Arne och såg allvarlig ut. När Artur inte reagerade fortsatte han: Herren kommer.

– Ja, det behövs säkert flera herrar för att riva det där bölet ni satt upp i trädgården.

Arne Hernemo kippade efter andan och slog igen dörren. Artur knöt näven i fickan. Var människan inte otrevlig också ovanpå allt. På vägen hem retade sig Artur. Det var likadant varje gång han skulle säga något viktigt. Tankarna var så bra formulerade i huvudet på honom, men så fort de kom utanför skallen blev det en enda soröra av alltsammans. Han såg Selmas bleka ansikte i köksfönstret. När han öppnat dörren, sa han med hög röst:

– Nu blir det krig Selma, sanna mina ord … ”Herren kommer!” Ja, mycket ska man få höra …

Kapitel 3

– Ta ett äpple innan dom ruttnar, Artur. Selma förde fram fruktskålen mot honom. Han svarade inte utan höll blicken stadigt mot teverutan där Antikrundan visades.

– Du säger alltid att jag ska köpa äpplen och sen äter du inte av dom, fortsatte Selma. Artur tog ett äpple, torkade det omsorgsfullt mot tröjan varefter han bet av en stor bit.

– Håll munnen stängd när du tuggar! Du låter som en flismaskin, skämtade Selma ... Tyst! 20 000 för en gammal nött vas.

– Är det inte en sån som vi har inne i bokhyllan? sa Artur hoppfullt.

– Äsch, den fick vi av Klas och Elna när dom varit i Tunisien. Men du har rätt, den liknar faktiskt vasen i bokhyllan.

– Det är märkligt med dom där antikviteterna. Det verkar som om ju fläckigare och mer kantstötta grejorna är, ju dyrbarare är dom.

– Vi har allt en del gamla saker på vinden. Vi skulle kanske lämna dom till auktion?

Artur lyfte försiktigt upp sina fötter på soffbordet men tog genast ner dem när han såg blicken från Selma. Teverummet var litet. Det hade varit Klas pojkrum, och när han flyttat hemifrån inredde de det till teverum. Den gamla gröna heltäckningsmattan låg kvar, men de hade tapetserat om till en grönblommig tapet. De hade inrett med en ljusbrun soffa i skinnimitation och två fåtöljer i beige, grovt tyg. Riktigt nöjd med soffan var inte Selma. Hon tyckte att materialet kylde om ändan, samtidigt som hon blev konstigt fuktig när hon satt i den. Hon brukade lägga en rutig mohairpläd under sig när hon tittade på teve eller satt och stickade. Eftersom rummet var så litet, fanns det inte plats till så mycket mer utöver möblerna och teven. Jo, soffbordet förstås. Det var i teak med en liten tidningshylla under. På ena långväggen utåt gårdsplanen fanns två fönster, och nedanför det ena stod en blomsterlåda. På gavelväggen fanns inget fönster och där stod teven. På väggen ovanför hängde ett bleknat flygfoto över gården och vid sidorna satt två små glaslampetter i rökfärgat glas. Den andra långväggen var också utan fönster eftersom finrummet låg på andra sidan väggen.

– Jag hoppas att du inte gjorde dig ovän med våra nya grannar. Selma såg anklagande mot Artur.

– Jag bara frågade vad dom höll på med ... Det har jag väl rätt till? Riktigt otrevlig var karlen. Den stackars hustrun – Britt tror jag hon heter. Du skulle sett hur förskrämd hon såg ut. Han knuffade henne in i hallen innan han slog igen dörren. Ja, såna där skenheliga typer, dom är värst. Se på alla krig i världen. Är det inte om religion dom bråkar kanske?

– Artur Jacobsson, *vad* du kan. Vad vet du om krigen i världen? Det enda du läser är ju lokalsidorna i Ystads Allehanda, allt från Lagfarter till Dagens ros.

Selma anklagade ofta Artur för att han inte följde med i

världshändelserna. Han försvarade sig med att han inte tålde att se krig och elände. Till viss del gav Selma honom rätt. Han var blödig. Så fort de visade ett inslag om svältande barn eller misär föll tårarna nerför Arturs skrovliga kinder. Riktigt stora tårar till och med, ja, det var rörande att se.

– Vi hoppar över kaffet i kväll, Selma. Jag är så rörig i huvudet av allt som hänt och jag får säkert svårt att somna ändå.

Så fort programmet var slut stängde Selma av teven.

– Tänk om jag vill se mer, sa Artur surt. Du bara stänger av mitt framför näsan på mig.

– Men jag vet att du hade somnat innan jag hunnit ut i köket.

Artur gruffade och reste sig från soffan.

– Jag sätter ut lite mjölk till kattstackaren, om hon vågar visa sig mer, sa han.

– Visa sig? Selma lät förvånad.

– Jag blev så ilsken tidigare att jag sparkade undan skålen från trappan just som katten skulle till att dricka. Hon for ner under trappan i en väldig fart.

– Men Artur ...

Selma rättade till pläden i soffan och gick bort och nöp av några vissna blad från blommorna.

– Nu kör dom! Artur stod uppjagad i dörren.

– Köra får dom väl i alla fall göra.

– Jag ska banne mig gå ner och kolla i deras trädgård.

– Aldrig i livet, fräste Selma. Britt eller vad hon heter kanske är hemma eller än värre om det var hon som körde iväg och hennes ilskne man är hemma.

– Jag bryr mig inte om vad du säger. Jag går.

– Då går jag med, så du inte gör dig olycklig över dom där människorna. Kommer vi båda kan folk tro vi är på kvällspromenad, men vem skulle förresten komma här i mörkret på grusvägen?

När de kom utanför gårdsplanen började Selma fnittra.

– Vad är det som är så roligt?

– Det är väl tjugo år sen sist vi promenerade tillsammans … och så kom jag att tänka på en historia som jag hörde hos frisören för länge sen.

– Historia?

– Det var om att en tryckkokare exploderade och det äkta paret for ut genom köksfönstret av trycket.

– Vad är det för roligt med det då?

– Jo, då sa mannen: "Älskling, det är första gången på tio år som vi är ute tillsammans." Selma fnittrade högt medan Artur bara klev vägen fram utan att reagera.

– Titta! sa Selma när de kom vid Bloms hus. Gardiner har hon fått upp.

– Hela huset är ju fullt av tingeltangel. Titta i fönstret. Fjädrar och hjärtan. Det är så man kan tro att hon julpyntat.

– Åja, du vill själv börja julpynta i november och dra fram gamla skeva ljusstakar som du gjort i slöjden.

Hernemos hus låg snett över vägen och uppmärksamheten riktades snabbt dit.

– Där ser inte ut att vara någon hemma, konstaterade Artur.

Han vände sig om och tittade längs vägen innan han gick fram till grinden till Hernemos trädgård.

– Artur, kom vi går hem. Selmas röst lät rädd.

– Gå du hem och koka kvällskaffe om du vill. Jag ska i alla fall titta i deras trädgård. Artur lyfte kläppen som låg över grinden. Det gnisslade och Selma höll andan. Hon vågade varken gå hem själv eller följa med. Det var som om skorna satt fastgjutna i makadammet på vägen. Hon tänkte på att hon glömt att ta sin blodtrycksmedicin och att det kändes som om hennes hjärta kommit helt i otakt. Det var svårt att ta sig fram i mörkret. Selma snubblade över något och ryckte Artur i armen:

– Det är vansinne, det här, livsfarligt också. Stanna för böveln. Jag tappade min sko. Hon höll Artur om armen medan hon trädde på sig skon. När de efter en vinglig promenad kom till baksidan av huset såg de det stora tältet. Ytterbelysningen från makarna Hernemos bakdörr lyste svagt och det gick att urskilja detaljer i trädgården. Artur gläntade på tältduken.

– Titta, Selma! Här finns det säkert plats till hundra personer.

Selma stack fram huvudet och tittade försiktigt in.

– Det finns ju inget i tältet. Dom ska kanske ha något läger, kanske scouterna eller något sånt?

– Ja, alltid redo verkade han vara i alla fall. Nej, du Selma Jacobsson, det är något annat, sanna mina ord. Jag känner av mitt vänstra knä och då är det alltid något fanskap på gång.

– Du pratar som du har förstånd till, väste Selma i mörkret. Vad skulle ditt vänstra knä ha med tältet att göra?

– Vänta du bara, så ska du få se.

– Jag väntar inte en sekund till. Jag går hem ... *nu*.

– Titta! sa Artur plötsligt. Där är det där konstiga som brevbäraren talade om, det som liknar ett altare.

– Asch, du har sån fantasi. Det ska väl bli en grillplats eller något.

– Du tror alla människor om gott, du.

– Är det något fel i det kanske? avbröt Selma. Hon vände och gick tillbaka mot grinden. Plötsligt högg Artur tag i hennes arm.

– Akta dig, Selma. Fall inte. När Selma tittade ner såg hon en djup grop framför sig. De stod bredvid varandra och tittade förskräckt ner i gropen. Vad säger du nu då? sa Artur med segerviss röst.

– Jag säger ingenting, fräste Selma. En grop bara, men tur att jag inte föll.

– Ser du inte att det liknar en grav?

– Nu får du ge dig.

Just då såg de billjus komma uppför grusvägen, och Artur knep hårdare om Selmas arm.

– Aj, är du inte klok!

– Tänk om det är dom?

– Det skulle du ha tänkt på tidigare.

– Vi måste smyga ut genom häcken på baksidan, annars ser dom oss.

– Om det är dom ja.

I samma stund svepte ljuskäglorna in över gräsmattan och de förstod att makarna Hernemo kört in på sin uppfart. Artur drog raskt Selma bort mot häcken.

– Sch! Stå tyst och stilla så det inte prasslar. Vi får vänta här tills dom kommit in i huset.

Selmas ansikte var så vitt att det nästan lyste i mörkret.

Hennes jacka hade hakat fast i några grenar och hjärtat dansade snoa i kroppen på henne. Tänk om hon dog här i häcken? Det skulle allt vara grant. Vad tusan skulle folk säga! Hon hörde bildörrar slå igen och röster på avstånd som inte gick att urskilja. Artur höll hårt om henne som av rädsla att hon skulle ge sig iväg. Rösterna närmade sig:

– Hjälp till då! Stå inte bara där, hördes Arne Hernemos vrånga stämma.

– Det är tungt, kved Britt.

Det hördes ett släpande ljud och Artur försökte bereda sig sikt genom häcken.

– Ser du något? viskade Selma.

– Sch …

När den svaga ytterbelysningen nådde paret såg Artur och Selma att de släpade en svart sopsäck efter sig. De stannade upp emellanåt och tog nya grepp.

– Det är obehagligt, Arne, kved Britt.

– Gör du inte som jag säger *blir* det obehagligt, fräste Arne, och nu var det Selma som fick ta tag i Arturs arm för att han inte skulle gå fram på gräsmattan. Makarna stannade vid gropen och lät plastsäcken ligga vid kanten. Arne torkade av händerna mot gräset medan Britt stod stilla som en staty.

– Stå inte där som ett fån, se till att komma in i huset. Arne puffade Britt mot ingången. Så fort de stängt dörren släcktes också ytterbelysningen.

Selma och Artur stod paralyserade en stund, som om de inte kunde ta in vad de sett, sedan försökte Selma bana sig väg tillbaka genom häcken.

– Inte där, väste Artur. Dom kan se oss. Vi får gå andra hållet.

– Vilket håll? Här finns väl inga andra håll?

– Över fältet här på baksidan så klart.

– Menar du på fullt allvar att vi ska ut och flänga på åkrarna mitt i natten?

– Äsch, den lilla biten klarar vi säkert.

– Du med ditt vänstra knä, sa Selma syrligt.

Arturs rangliga gestalt klev fram med stora steg i månljuset medan Selma försiktigt stapplade fram i de djupa plogfårorna. Hon hörde hur Arturs andedräkt blev alltmer ansträngd och kände hur fort hennes puls slog. Hon var så skärrad att hon i kaoset hade glömt bort att oroa sig för sitt hjärta. Hon muttrade ilsket för sig själv.

Efter den vådliga promenaden över åkern, stod de plötsligt omtumlade hemma på gårdsplanen. Selma var lerig långt upp mot anklarna och Arturs alltför långa byxben såg ut som de hade en mörkbrun rand nertill. Då de kom in i hallen, tittade Artur på Selmas leriga skor och såg en aning generad ut.

– Det är vått i markerna, sa han besvärat.

– Ja, där behöver inte vattnas på länge, fräste Selma.

Artur vankade runt i bostaden. Selmas dåliga humör låg som ett åskmoln över huset. Det var inte läge att diskutera vad de sett i Hernemos trädgård, men Artur kunde inte släppa tankarna på den svarta sopsäcken.

– Ska du slita upp mattorna! Gå och lägg dig om du inte har något vettigare att syssla med.

– Det skulle kanske inte vara så dumt med en kvällskopp ändå, sa Artur lent.

– Nattklubben stänger klockan tio. Koka du ditt kaffe själv om du vill ha något. Inte mig emot, fast något sällskap vid bordet får du inte ... inte av mig i alla fall. *God natt.* Selma tog en dagstidning och lade på golvet i hallen. Hon placerade deras skor där med en blick av avsky och försvann sedan in i sovrummet.

Hon flyttade försiktigt ner zigenardockan på golvet. Därefter vek hon omsorgsfullt ihop sängöverkastet och lade det över gungstolen. När hon kom in i badrummet tittade hon sig i spegeln. Någon vacker syn brukade det aldrig vara, men i kväll hoppade hon nästan till när hon såg sin spegelbild. Blekare och eländigare än vanligt såg hon ut. Håret stod på ända och en buske hade rivit henne på kinden så att det blödde.

– Jädrans spektakel, sa hon halvhögt till sig själv.

Hon satte sig på toalettstolen och blicken flackade runt. Badkaret var i gult, kaklet likaså, men överst fanns en rad med kakelplattor med brunaktiga blomrankor. Vasken var också i gult med ett gammalt badrumsskåp över. Det fanns några mörka fuktfläckar på spegelglaset och en del av dem hade Selma försökt dölja genom att klistra på små dekaler med ankor och svanar. Fyra frottéhanddukar hängde där. Två stora, som de brukade använda när de duschat eller badat, och två små handdukar till ansikte och händer. Gästhandduken hade hon själv virkat i grönt bomullsgarn med en beige rand överst. Den hängde på en hängare i form av ett hjärta där det stod *Gäster.* Samma garn hade hon använt för att virka en liten påse med knytband av vitt siden, som hon hade sitt bomullstusspaket i. Golvmattan såg solkig ut av slitage och kalkränder, men som överallt annars i huset var det välstädat och fräscht.

Plötsligt kände Selma hur tröttheten kom över henne. Hon tvättade sig, borstade tänderna och drog hastigt med borsten genom det tunna håret. Inte luktade det kaffe, konstaterade hon när hon kom in i sovrummet. Om Artur har lagt sig i tevesoffan och somnat får han allt ligga kvar där, tänkte hon. Hon skulle i alla fall inte väcka honom.

Selma tog på sig sin trikåpyjamas i rosa med små ljusblå blombuketter. Hon tyckte inte om när pyjamaströjan gled upp och det blev en glipa. Därför avslutade hon alltid påklädningen med att stoppa ner tröjan och dra upp byxorna så långt hon kunde, utan att de skar in i grenen. På vintern använde hon nästan jämt bäddsockar. Ja, bäddsockar var det förstås inte, utan ett par vanliga ankelsockar i ett mjukt bomullsmaterial och utan resår. I kväll ångrade hon att hon lagt dem till sommarförvaringen på vinden.

Selma kröp ner i bädden med en suck. Hon släckte genast sänglampan och låg och funderade över allt märkligt som hänt. Visst verkade det tokigt i Hernemos trädgård, men det fanns säkert någon förklaring. De verkade inte vara så värst trevliga, förstås ... Det var svårt med grannar och grannsämja. Att få Disa som granne på andra sidan var mer lovande. Det kunde rent av bli trevligt! Disa var några år äldre än hon och Artur, och Selma gissade att hon borde fylla sjuttio i rappet.

Jo, nu hörde hon hur Artur hasade runt i köket, öppnade kylskåpsdörren och skrapade med köksstolen. Selma gissade att mjölkglaset skulle stå kvar på köksbordet dagen efter. Hon låtsades sova när Artur efter en stund kom in i sovrummet.

– Sover du, Selma? Han kände sig besviken när hon inte svarade. Han klädde av sig i mörkret och kröp ner i sängen. Han lutade sig mot Selma och frågade än en gång: Sover du, Selma?

Kall hade han blivit där ute i mörkret och Selma var dessutom irriterad. Han fick tillstå att det kanske varit lite överdrivet att ta vägen över åkern, men han hade inte sett någon annan råd just då, det hade han inte. Hans fötter var kalla som isbitar och han stack försiktigt in dem till Selma.

– TA BORT DINA RÄLIGA, KALLA FÖTTER, skrek hon med sådan gäll stämma att Artur höll på att falla ur sängen. Hade inte den lilla sängkanten funnits var han övertygad om att han dråsat i golvet.

– Jaså, du är vaken ändå, sa han glatt.

Plötsligt kände Selma sig lättad på något märkligt sätt, och som alltid när det dåliga humöret släppte blev hon fnissig.

– Att jag gift mig med en tokstolle, blev jag ganska snart klar över, men i dag har du slagit ditt eget rekord, med två hästlängder.

– Säger du det ... Ja, visst var det en tokig dag. Såg du Disas fjädrar i hela köksfönstret? Som en hel hönsgård såg det ut, och så fnissade Artur lite stelt och försiktigt.

– Du ska få för fjädrar, skämtade Selma, och slog sin huvudkudde i skallen på honom.

Artur böjde sig bort över hustrun, gav henne en vänlig klapp på handen och en flyktig puss på kinden. Plötsligt var det som om ljuset kommit åter trots att det var släckt i rummet. Artur vågade inte ta upp diskussionen om Hernemos, men i morgon skulle han göra det när allt lagt sig. Han beslöt sig i stället för att avsluta dagen med lite allmänt prat.

– Jag träffade Karna Modig på banken i förra veckan. Det var ju rent rysligt vad hon har jäst upp. Hon måste ha gått upp minst tjugo kilo sen jag såg henne senast. Jag tänkte, henne går det banne mig snabbare att hoppa över än att springa runt om.

Selma fnissade och Artur kände sig nöjd. Kanske hade Selma ändå rätt, att han överreagerat på det där hos Hernemos.

Utanför på fältet började frosten nypa tag i vattnet i plogfårorna och det såg ut som små krusningar på ytan när vattnet började frysa till. Kranen i badrummet droppade i takt med knäppningarna i det elektriska elementet och Artur snodde in sina kalla fötter i täcket varefter han försjönk i en djup sömn.

Disa packade upp flyttlådorna en efter en. Hon var systematisk med vad hon gjorde. Inte fanns det så många skåp att sätta in pinalerna i, men eftersom hon inte hade så mycket packning var det inga problem. Uthuset fanns att tillgå till sådant som inte fick plats där inne. Större problem var det med mössen. Musfällorna fortsatte att smälla som kastanjetter i alla vrår. Ritualen med brödsmulorna på brösten hade inte fungerat. Svenska möss hade tydligen inte samma instinkter som sina indiska kusiner. Disa hade slutat kasta de döda mössen i buskarna. Hon samlade dem tills vidare i en gammal aluminiumhink, som hon ställt ute på kökstrappan. Kommunen hade lovat att soptömningen skulle börja fungera redan kommande vecka, och det var hon glad över. Fukten och den unkna luften hade hon inte lyckats jaga ut ännu trots att den lilla vedkaminen hela tiden var tänd. Vedstapeln i uthuset sjönk snabbt, och Disa hade bestämt sig för att köpa en oljekamin för att bättra på uppvärmningen. Första nätterna hade lakanen varit så fuktiga att hon varit tvungen att sova med sin fleecedress på. Det gamla primusköket fungerade som tur var och det var inga problem att laga enkla måltider. Disa funderade på om det fanns någon här på landet som utövade healing? Hon mådde bra av alternativa metoder och försökte leva efter det ayurvediska synsättet. De där tarmsköljningarna var förstås inte så behagliga, men resultatet var hon nöjd med. Någon som utövade healing borde det väl finnas här ... eller i Malmö i alla fall.

När Disa lagt sig på kvällen bestämde hon sig för att undersöka vad som fanns på Österlen av alternativa metoder. I köket lyste månen in genom det lilla fönstret. New age-skrifterna och böckerna som låg utspridda över köksbordet stod i stark kontrast till övrigt i huset. När det small till i musfällan var det som om månstrimman flämtade och månskenet blev svagare.

Kapitel 4

– Slutade serveringspersonalen tidigt i går kväll? frågade Selma retsamt när hon på morgonen tog Arturs mjölkglas och ställde ner det i vasken med en smäll.

– Inte tog dom bort leran från skorna heller, försökte Artur skämta.

– Det är karlgöra med dynga och skit, så det är bäst att du själv skrapar dom rena, *utomhus*, manade Selma.

När telefonen ringde svarade Selma snabbt.

– Jacobsson ... Hej Elna ... Öronen nu igen? Det var inte så länge sen han hade ont i öronen tycker jag ... Jaså.

Artur himlade med ögonen, ruskade på huvudet och gjorde grimaser. Han gick bort mot Selma och viskade:

– Jag kan köra fram akutbilen, slå till blåljusen också om så skulle behövas.

– Vänta Elna, jag ska bara ta den andra telefonen. Selma lade på telefonluren, gav Artur en ilsken blick och gick in i sängkammaren och stängde dörren. Artur tog raskt på sig jackan och lyfte ut tidningen med skorna på trappan. Han slog en hastig blick neråt vägen. Den låg tyst och öde. Ibland kunde det gå nästan en hel dag utan att de såg en enda bil. Förutom postbilen förstås, som kom punktligt varje förmiddag, lagom till elvakaffet. Katten kom försiktigt upp på trappan och strök sig mot Arturs ben.

– Såja, Murran. Snart ska du få lite mjölk och i dag ska jag inte skrämma vettet ur dig ... Men man vet förstås inte vad som kan ske.

Han strök katten varligt över ryggen och den riktigt tryckte sig mot honom. Som alltid avslutade Artur med en strykning från kattens huvud och sedan längs hela kroppen för att slutligen dra handen upp över svansen och avsluta med ett litet ryck överst som gjorde att katten tog ett skutt i luften. Selma tyckte inte om när han gjorde så, men själv tyckte han att det såg skojigt ut och han trodde att Murran också gillade det.

Tankarna återvände till deras upptäckter i grannhuset. Vad var det egentligen som hände nere hos Hernemos? Se hur det gick i Knutby, tänkte han. Lite obehagligt tyckte Artur allt att det var, och lite generad kände han sig förstås också över promenaden över åkern.

Artur hade tagit med sig en trasa ut på trappan och gned på skorna. Leran hade torkat och hur han än gnodde blev skorna inte rena. Han reste sig och tog en skurborste som Selma lagt på nedersta trappsteget. Hon brukade använda den när hon skrubbade trasmattorna. Lite vatten hade inte skadat, tänkte han och gick mot stallet. Han stannade till innanför dörren. Här trivdes han, men han saknade korna och grisarna. Fast hönorna kacklade, så lite hemtrevnad fanns kvar. Han öppnade dörren mot baksidan. Den vätte mot väster och det var en bedårande utsikt över fälten. Än så länge såg det kargt och dystert ut, men när grödorna började komma upp var det som om allt fick liv. Som alltid när Artur stod där, dök så mycket gammalt upp som han hört och sett från bygden. Minnena surrade runt i luften tillsammans med insekterna och de fick plötsligt liv. Ofta var det positiva och skojiga tankar, men ibland när han var på dystert humör kunde någon tragisk händelse också spelas upp framför honom. Någon gång hade Selma kommit runt hörnet och sagt: ”Vad står du och flinar åt, din tok?” Ofta hade han då berättat vad han funderade över och så hade de skrattat tillsammans.

En tidig morgon hade han stått ute i trädgården innan Selma stigit upp. Solen hade börjat visa sig vid horisonten. Sol som måne hade han tänkt. De ser allt lika ut ibland. Han hade fnissat i sin ensamhet över en händelse som sades vara sann, men som Artur dock tvivlade på. Det var en storbonde en dryg mil därifrån, vid utkanten av Hammenhög, som sades ha varit snål och gniden och som utnyttjat sin arbetskraft maximalt. En säsong hade han haft två drängar anställda som var lite tröga å huvudets vägnar. En natt hade det varit fullmåne, ja nästan ljust hade det varit ute. Då hade lantbrukaren bestämt sig för att väcka drängarna och säga att solen stod högt på himlen och att det var dags att gå ut och jobba i markerna. Drängarna hade hasat sig ur sängarna och börjat gräva i trädgårdslandet. Efter någon timme gick solen upp. En av drängarna hade då ställt spaden ifrån sig, lyft på kepsen, torkat sig i pannan och sagt: ”I dag blir det fan ta mig varmt, för här kommer en soljävel till.” Artur log och han gick ett stycke ut på åkern. Just som han skulle återvända till stallet såg han hur dörren i Bloms hus öppnades. Hans ögon vidgades. Han gnuggade sig i ögonen och vände sedan generat bort huvudet. Innan han gick in genom stalldörren tittade han ännu en gång mot Bloms hus och skakade på huvudet. När han senare kom in i köket satt Selma vid köksbordet och skrev en handlarlapp.

– Jag tror att självaste fan är lös.

Selma fortsatte att skriva.

– Ska jag köpa lite färs när vi ändå ska till stan? frågade hon.

– Selma, hörde du inte? Fan är lös.

– Jaså ... är det Hernemos igen?

– Hernemos, nej du, vi har hamnat på dårarnas väg.

Nu tittade Selma nyfiket upp.

– Finns här fler dårar än vi, skämtade hon.

– Det är den där Disa ...

– Du har väl inte varit där också, sa Selma.

– Nej, för tusan. Jag var ute på baksidan och när jag tittade ner mot hennes hus ... Det är knappt så man tror det.

– Men så kläm fram det då, människa. Selma lyfte upp glasögonen i pannan och tittade undrande mot maken.

– Hon kom ut naken ...

– Naken?

– Inte en tråd på kroppen hade hon.

– I denna kylan. Selma förde ner glasögonen på plats igen men kikade mot Artur över kanten på glasögonbågarna.

– Är det allt du har att säga: ”I denna kylan?” Hon måste vara tokig. Pattarna hängde som två juver.

– Men vad gjorde hon?

– Du kommer inte att tro mig. Det såg ut som hon stod och viftade bort flugor.

– Det finns väl inga flugor vid den här årstiden.

– Jag sa att *det såg ut* som hon viftade bort flugor. Kanske mera att hon försökte trycka undan dom.

– Trycka undan flugor? Du pratar som du har förstånd till.

Artur föreföll fortfarande uppjagad. Han försökte demonstrera vad han sett:

– Så här. Ut med armarna nästan som en dirigent.

– Det ser mer ut som gymnastik tycker jag ... men utomhus, i kylan.

– Huspriserna här kommer att sjunka med sånt slödder längs vägen ... Mördare och nakendansöser i trädgårdarna.

– Tänk på vad du säger, Artur Jacobsson. Du har varken belägg för det ena eller det andra. Selma återgick till handlarlappen.

– Dom har kanske slagit sig ihop?

– Vilka har slagit sig ihop? Nu lät Selma riktigt irriterad.

– Hon ska kanske uppträda i Hernemos tält. Nakenshow ...

– Till psalmmusik? Låt inte fantasin skena iväg med dig. Det finns logiska förklaringar till det mesta. Är du inte intresserad av ditt barnbarn? Björn har öroninflammation.

Artur såg generad ut. Han hade glömt bort telefonsamtalet.

– Det var ju synd om honom, sa han i ömkande ton. Ska Elna vara hemma från arbetet nu igen?

– På förmiddagen ska hon vara hemma, men i eftermiddag ska hon på något möte och jag lovade att vi ska köra dit och vara hos honom.

– Visst, visst, Selma, men tycker du inte att dom har många möten? Det är inte konstigt att dom gamla ligger ensamma och dör i sina sängar, personalen sitter jämt i möten. Så vill inte jag ha det när jag kommer på hemmet.

– Du behöver inte bry dig. Så som du jagar upp dig för det som händer här, kommer du säkert att falla ihop död utan förvarning. Platt fall bara.

Arturs ögon vidgades. Rädd för döden är han allt, tänkte Selma illmarigt. Hon hade sett det förr, det syntes i ögonen på honom. Det var som om dödsångesten lyste ur dem så fort de diskuterade sjukdomar. En kväll när de satt och tittade på teve hade han dragit med handen över bröstet, skrikit till och ställt sig rakt upp på golvet. ”Här är en knuta på bröstkorgen, Selma! Tror du det är cancer?” Han hade lutat sig över Selma för att hon skulle känna. Ja, han hade nästan fallit över henne i soffan. Selma hade varit med om liknande episoder tidigare, så hon hade helt lugnt fört handen över Arturs bröstkorg. Sedan hade hon stuckit ner handen i bröstfickan på hans skjorta och tagit upp en halstablett. ”Här har du din cancerknuta”, hade hon sagt och lagt tabletten i hans hand. Han hade blivit riktigt generad och gått ut för att se till hönsen, trots att de sov sedan länge.

Disa Blom stod i köksfönstret och tittade ut just som hennes grannar körde förbi. Fjädrarna i fönstret gungade lätt av hennes andetag. Det knastrade hemtrevligt i den gamla vedspisen och värmen hade nu börjat fylla alla vrår i huset. Det var många år sedan hon sett Jacobssons senast. Vad var det Selmas man hette nu igen? Han hade blivit kvar hemma på samma gård som han bott på som pojke. Busig hade han varit i skolan, det mindes hon. En gång hade han stått bakom skolbyggnaden och pinkat sitt namn i snön. Selma hade bott nere i samhället med sina föräldrar, mindes Disa. Tänk att det skulle bli ett par av de där båda. Snälla, rara människor var de, men herregud, de hade säkert inte varit utanför kommungränsen! Vilket snävt liv de hade haft. Disa suckade. Hon tittade drömmande på affischen av Che Guevara som satt upphängd på väggen mellan en fotogenlampa och en gammal tallrikshylla. Medan hon rest runt i världen hade de gått här hemma och trampat i leran.

Disa satte sig i yogaställning på en kudde på köksgolvet. Hon lade händerna mot knäna och blundade. För en stund var det som om hon sjönk in i en annan värld. Vedträden knastrade i spisen och en skiva med Jimi Hendrix kunde anas inifrån rummet.

Så stelnade hon till och rusade fram till köksfönstret. Hon lutade sig så långt fram att hon fick blåsa undan några fjädrar som fastnade på näsan. Hennes tidigare avslappnade ansikte hade plötsligt ett ilsket uttryck. Hon trädde fötterna i sandalerna, öppnade ytterdörren och gick med beslutsamma steg mot Hernemos hus.

Grant har de i sina trädgårdar, konstaterade Artur, när han svängde in på villaområdet Simrislund i utkanten av Simrishamn. Det var som om Selma läst hans tankar.

– Dammar med springvatten och stora blomkrukor. Det är annat än vår leriga gårdsplan där hemma, sa hon.

– Men det kostar, flikade Artur snabbt in, som av rädsla att Selma skulle få idéer i skallen hur det skulle vara där hemma.

Selma ringde som vanligt tre signaler på dörrklockan varefter hon öppnade dörren. Björn kom emot dem.

– Hej, farmor!

Selma kramade om honom och Artur kände sig plötsligt utanför. Men klart, inte läste han några sagor eller spelade spel med barnbarnen ... men snäll det var han mot dem, det var ett som var säkert.

– Vilken tur att ni kunde komma, sa Elna leende. Vad skulle jag ha gjort utan er?

En varm våg sköljde genom Selmas kropp och hon log tillbaka. Elna tog på sig kappan, kramade om Björn och gick mot dörren:

– Kaffet vet du var det står, Selma. Jag tror inte mötet varar så länge. Jag hämtar själv Kajsa på dagis innan jag kommer hem.

– Vad har ni möten om var eviga dag? dristade sig Artur till att fråga.

– Ja du, det undrar jag också, skrattade Elna samtidigt som hon försvann ut och stängde dörren.

– Där ser du, sa Artur triumferande.

– Vad då?

– Hon vet inte själv vad dom har möten om. Slöseri med pengar ...

Björn drog Selma i kjolen.

– Kom, ska jag visa dig, farmor.

Björns rum var fyllt av leksaker. Fina bilar, legobitar och gosedjur låg överallt och på hans skrivbord stod en dator. Han slog sig ivrigt ner.

– Titta, jag kan skjuta ner alla soldaterna. Man fyller på skott här nere. Björns små fingrar rörde sig över tangentbordet och Selma kunde inte förstå att det kunde bli rätt. Så plötsligt kom det upp en vy över en krigsplats, och Björn sköt och sköt samtidigt som de små figurerna föll blödande till marken.

– Men Björn, sa Selma oroligt. Får du spela såna spel?

– Jag har fått det av pappa. Titta! Björn fortsatte och Selma försökte uppfatta vad som hände på bildskärmen. Hon hann inte ens fixera blicken vid något, förrän det hände något på ett annat ställe. Det blixtrade i ögonen på henne och hon kisade. Artur stod tyst i dörren och följde skådespelet. Han bet ihop tänderna så det bildades små knutor uppe vid tinningarna, sedan fnös han och lämnade rummet.

– Försök, farmor, sa Björn förväntansfullt.

– Jag kan inget sånt, det vet du.

– Det är bara för ni inte har någon dator ... Mormor och morfar har.

Där kom det, tänkte Selma, som en spjutspets rakt in i hjärtat. ”Mormor kan och morfar har.” Det fick hon jämt höra. Elnas föräldrar arbetade inom kommunen. Kerstin var på ekonomikontoret och Erland på fritidsförvaltningen. De hade flera datorer där hemma. Visst kände Selma att Artur och hon var i underläge. I fjol hade morföräldrarna bjudit Elna och hela familjen till Thailand och dyra presenter gav de jämt. Men passa barnbarnen hade de sällan tid till. Då passade det bra med Selma och Artur.

Det låg inte för Selma att skrävla för Klas och hans familj, men de fondsparade i tysthet till barnbarnen. Visserligen bara hundra kronor i månaden, men det skulle allt hinna bli en slant till körkort i alla fall. Egentligen brydde sig inte Selma så mycket, men ibland kände hon sig fånig. Som när de skulle bjuda hem Klas svärföräldrar. Hon och Artur serverade aldrig drinkar och konstiga rätter, utan det blev stek med sås och potatis. Fast Kerstin och Erland var vänliga och trevliga och föreföll uppskatta vad de blev bjudna på.

Artur blev alltid så rastlös när de var hos Klas och Elna. Han gick mest runt från rum till rum, och ibland blev Selma riktigt irriterad på honom.

– Kan du inte sätta dig och titta i några tidningar! sa hon när hon kom ut från Björns rum.

– Asch.

– Klas har många fina tidningar med bilar i. Säkert intressanta reportage också.

– Vår gamla Volvo räcker i vår tid.

– Man kan väl titta i alla fall.

Selma gick ut i köket och kokade kaffe. Ja, Klas har fått det bra, tänkte hon. Elna hade ett bra arbete som undersköterska på Lillevångshemmet och Klas var bilförsäljare och tjänade bra. Först en fast lön och därutöver provision. Vit skjorta på arbetet varje dag. Ja, Selma var stolt över honom, det var hon. Fast hon tyckte att Björn fick för mycket saker och kläder ... och nu det där med datorn och det hemska spelet.

Elna blev inte borta så länge, och de hann handla lite varor på Brunnshallen innan de for hem igen. Artur slog på bilradion.

En man bosatt i Simrishamn har anmälts försvunnen. Han sågs senast tidigt på tisdagsmorgonen. Polisen har tagit sig in i mannens lägenhet utan att finna några ledtrådar till försvinnandet. Polisen är tacksam för eventuella tips eller iakttagelser. Mannen är femtiofem år, lång och smärt och …

Artur sträckte sig fram och stängde av radion.

– Hörde du, Selma?

– Det brukar finnas förklaringar till allt. Han dyker säkert upp av sig själv.

– Det säger du alltid. Artur hade fått ett oroligt uttryck i ansiktet och tankarna flög, men han vågade ingenting säga till Selma.

Artur släppte som vanligt av Selma vid kökstrappan. När han kom in stod Selma och satte in varorna i kylen. Telefonen ringde och Artur svarade.

– Jacobsson … Hej Elsa … Jodå, det är bra.

Selma stängde kylskåpsdörren och gick fram till Artur och lyssnade.

– Säger du det, fortsatte Artur. Ja, vi har sett att hon är här … Ja, det finns så mycket konstigt.

Selma såg nyfiken ut och sträckte fram handen för att markera att hon skulle ta över samtalet.

– Hon kommer här, Elsa … Hälsa Nils. Elallergi, sa han halvhögt när han lämnade över telefonen till Selma.

Artur tyckte att de plötsligt hade fått så mycket att diskutera. Tidigare kunde det gå veckor utan att det fanns något nytt att tala om men nu drabbade nyheterna dem slag i slag. Visserligen tyckte Selma att Hernemos och den försvunne mannen inte var mycket att tala om, men Disa diskuterade de på kvällen sedan de lagt sig.

– Tror du att man kan få elallergi? sa Artur tvivlande.

– Dom säger det i alla fall. Jag har både hört och läst om det, fast själv tycker jag också att det verkar lite konstigt.

– Elsa har själv talat med Disa i affären och Elsa ljuger inte, fast det behöver förstås inte vara sant för det, sluddrade Artur trött.

– Då har vi i alla fall fått en förklaring till varför Disa flyttat hit. I Bloms hus finns ju varken el eller annat.

– Vatten fick dom indraget det sista året, sa Artur.

– Det finns väl inte el i vattnet, din tok, skrattade Selma.

– Men det skulle behövas, för där finns bara kallvatten . . . och dass på gården. Hon som är så världsvan. Hon stannar inte kvar länge här, sanna mina ord. Vad skrattar du åt? Artur böjde sig nyfiket fram över Selma i mörkret.

– Jag tänker på det där Elna sa om vad Kajsa sagt. Det var för tokigt.

Artur började fnissa. Elna hade berättat att Kajsa suttit kvar lite för länge i badkaret en kväll, så när Elna tagit upp henne var hon alldeles skrynklig om tårna. Då hade Kajsa sagt: ”Mamma jag håller visst på att bli gammal mellan tårna.”

– Åh, Artur, jag hade varit så tacksam om jag bara varit rynkig mellan tårna, suckade Selma.

– Jag tycker allt att du är slät som en barnagump i synen, svarade han vänligt.

Det knarrade i sängen när Artur lade sig till ro.

– Men Selma, visst är det konstigt med den där elallergin. Då kan ju Disa aldrig få elchocker om hon skulle bli konstig i huvudet.

– Grubbla inte så mycket.

– God natt, Selma.

– God natt på dig själv du. Ska du inte ställa väckarklockan?

– Väckarklockan?

– Ja, så du kan rusa ut tidigt i morgon och hämta tidningen och läsa om försvinnandet.

– Det är inget att skämta om. Tänk om han är död! Artur hade försökt att skjuta undan tankarna på det där gravliknande hålet som Hernemos grävt ute i trädgården. Ibland rusade fantasin iväg, det fick han vidstå, men det var inte normalt att gräva ett sådant hål i trädgården och sen komma smygande med en svart sopsäck i mörkret. Vad det än var skulle han ta reda på det. Det hade han bestämt sig för samma kväll de stått där i mörkret.

Kapitel 5

Nästa morgon konstaterade Artur snabbt, när han läste dagstidningen, att mannen i Simrishamn fortfarande var försvunnen. Inget nytt hade framkommit.

När han senare under dagen var nere i Tommarp och uträttade några ärenden stötte han på en polisbil som tycktes ha brått. Han träffade några bekanta på byn, men han vågade inte nämna något om Hernemos och sina tankar. De diskuterade den försvunne mannen och ondgjorde sig också över den stöldvåg som drabbat de mindre orterna den senaste tiden. När Artur kom hem hade Selma satt spolar i håret.

– Vem ska du göra dig fin för?

– Vi ska på kalas, Artur, sa hon glatt, men ändå med viss osäkerhet i rösten.

– Kalas ... mitt i veckan?

– Vi är bjudna till Disa.

– Disa! Har du talat med henne?

– Hon såg mig när jag hämtade posten och kom och hälsade.

– Det var som tusan. Hur verkade hon?

– Trevlig. Jag kan knappast fatta att det är femtio år sen vi sågs. Ja, ja, jag har förstås sett henne här någon sommar men aldrig talat med henne. Lite speciell verkar hon förstås vara, men trevlig.

– Blir nog trevligare för er om inte jag följer med.

– Trams. Jag har hängt fram kostymen. Vi får allt vädra den, det är inte ofta du använder den numera.

– Fruntimmerssnack en hel kväll. Du vet att jag inte tycker om sånt.

– Vem har sagt att det ska vara fruntimmerssnack? Vi har väl många gamla minnen att prata om. Hon har säkert också mycket spännande att berätta. Hon har bott i både USA och Indien.

Det låg en oro över huset hela dagen. De var mest tysta, och Selma provade flera av sina klänningar framför spegeln i sovrummet.

– Jag borde ha med mig något, en blomma eller choklad, sa Selma framåt eftermiddagen.

– Kan du inte ta med dig något som du knypplat?

– Artur, jag har *aldrig* knypplat. Det har jag sagt hundra gånger. Om jag så lappar dina byxor, säger du att jag knypplar. Fast tack för tipset. Jag har några grytlappar som jag virkat, dom kan jag ge henne.

Artur pustade och stönade när han drog på sig kostymen.

– Den har krympt.

– Krympt. Den är aldrig tvättad. I så fall har vi fukt i garderoben.

– Ska jag ha vit skjorta?

– Du har inget annat, utöver flanellskjortorna förstås, men dom kan du inte ha till mörk kostym.

– Måste jag ha kostym då? Det blir väl bara kaffe.

– Disa sa att hon skulle fixa något lätt att äta. Klart du måste ha kostym, Artur ... och slips.

– Slips, är du tokig. För att gå till en granne, en vanlig vardagskväll.

Selma letade i garderoben.

– Det är mest begravningsslipsar du har. Svart, grått och vitt. Men den här då?

Selma höll fram en färggrann slips med rosa elefanter på svart botten. Det fanns också några gröna palmer bredvid elefanterna.

– Ja, den är grann den, du. Artur såg lycklig ut. Jag hade nästan glömt att jag hade den. Artur ställde sig vid spegeln och knöt slipsen.

– Har dom så breda slipsar nu? sa Selma med en rynka i pannan.

– Vad då breda?

– Jag tycker Klas och hans svärfar har smalare slipsar.

– Den är väl så bred som den är. Artur riktigt kråmade sig framför spegeln.

– Vilken stilig karl jag har, berömde Selma, och Artur sträckte ytterligare på sig.

– Och du då, Gullros, nykryllad och grann, med blommig klänning. Artur gav Selma en klapp på kinden. Gullros hade han kallat henne när de var unga och gjorde det än i dag när han ville vara extra kärvänlig. De stod båda kvar framför spegeln och njöt av vad de såg. Selma tittade på klockan.

– Kanske jag skulle ta mameluckerna på mig; hon har ju ingen värme. Har du långkalsonger på dig, Artur?

– Långkalsonger! Är du tokig, jag får knappt plats med dom vanliga i den här tvångsmunderingen. Han vände sig om. Kostymkavajen hade två sprund i sidorna där bak, och tyget stod liksom rakt ut eftersom kavajen satt så hårt över magen. Vedspisen måste hon väl för tusan ha igång om hon ska kunna bo där, fortsatte Artur.

Prick fem i halv sju låste Artur köksdörren. Selma hade slagit in grytlapparna i ett fint paket och de vandrade vid varandras sida ner längs vägen. Selmas svarta handväska dinglade på armen.

– Inte ett ljud om paret Hernemo och vad vi såg i trädgården ... *Hör du det,* underströk Selma när han inte svarade.

– Hon börjar kanske själv.

– Inget om den där gropen ...

– Graven menar du, sa Artur karskt, eftersom de var framme vid Disas och han visste att samtalet inte kunde fortsätta.

– Välkomna, sa Disa när hon öppnade dörren och beredde dem plats att stiga in i det lilla låga huset.

– I stället för en blomma. Selma sträckte fram paketet.

– Inte skulle ni ha något med er ... Kom in.

Spisvärmen slog emot dem och Selma var glad över att hon inte tagit på sig mameluckerna.

Hon tittade sig försiktigt runt i köket.

– Jag känner igen mig, sa hon vänligt. Vi var ofta hos dina föräldrar.

– Rara människor, sköt Artur in.

– Vi går väl in i salongen, skämtade Disa, tog en bricka med tre små glas och gick före dem in i rummet. Selma tittade sig förvånat omkring. Makarna Bloms fina matrumsmöblemang var borta och även soffan och de två fåtöljerna som Selma så väl mindes. Den gamla skänken fanns kvar och där brann ett tiotal värmeljus. Det märktes att det var dragigt i huset för lågorna på ljusen flämtade kraftigt. Mitt på skänken stod ett märkligt föremål i mässing som det rök ur. Artur fick kväljningskänslor och han hostade till ett par gånger. Inte för han visste hur astma kändes, men han trodde att det var någon form av astmaanfall han drabbats av.

– Slå er ner, sa Disa vänligt och pekade på fyra stora sidenkuddar på golvet. I mitten stod ett bord som var så lågt att Artur trodde det var någon typ av hopfällbart bord som Disa inte lyckats fälla upp. Ja, det såg nästan ut som om bordskivan låg direkt på golvet, så lågt var det. På bordet flämtade fler värmeljus ur olika färggranna glasskålar.

– Slå er ner, sa Disa ännu en gång och satte sig graciöst på en av kuddarna på golvet, med benen i kors.

Selma tittade oroligt mot Artur. Sedan placerade hon handväskan på golvet och satte sig med en duns på en kudde. Inte kunde hon sitta som Disa, utan hon fick lägga sina ben snett åt sidan medan hon drog ner klänningen över knäna. Artur böjde sig försiktigt framåt och lutade sig ner mot det låga bordet innan även han dröste ner på sin kudde. Skenet från de fladdrande ljusen fick de rosa elefanterna på hans slips att gnistra till.

– En liten skål för granngemenskapen, sa Disa och räckte fram brickan.

Artur såg skeptiskt på glaset men tog ett, varefter han med stor möda sträckte sig fram och satte det på bordet.

– Egen tillverkning, log Disa. Maskrosvin. Det har stått magasinerat i Stockholm tillsammans med en del andra saker som jag sparat. Vällagrat och gott … Skål och välkomna.

Selma och Artur smuttade på vinet.

– Det var gott, sa Selma. Tänk att man kan bli av med maskrosor på det här bra viset!

Disa berättade om sina konststudier i Stockholm och att hon senare flyttat till USA där hon hade målat och haft utställningar. Hon var inte skrytsam, utan talade om sina många resor nästan som när Selma berättade för Elna och Klas att hon åkt till Ystad för att handla.

– Brukar ni resa? sa Disa plötsligt, just som Selma fört glaset till munnen. Selma ryckte till och spillde ut lite på klänningen.

– Vi var i Småland för fem år sen, svarade Selma. I Astrid Lindgrens värld, tillade hon försiktigt.

– Tidigare hade vi djuren … och några höns har vi kvar, så man blir bunden, förklarade Artur lite generat.

Selma började få ont i ryggen av den obekväma ställningen och kände sig besvärad när hon såg hur Disa satt avslappnad och tillsynes oberörd på den låga kudden. Hon var barfota och klädd i lång orange klänning med snoddar, volanger och tingeltangel. Artur blev allt mer besvärad av röken från den där konstiga mässingsgrejen på skänken, och han hostade allt som oftast. Det kom verkligen en stinkande, frän lukt från eländet.

– Vad gillar ni för sorts musik? frågade Disa vänligt.

– Inget skrammel, skämtade Artur, men Lasse Stefanz tycker vi om, eller hur Selma?

Selma såg besvärad ut.

– Jag tycker om det mesta i musikväg.

Disa reste sig med ett enkelt knyck från kudden och försvann in i sovrummet. Dörren var borttagen och det klirrade i stavarna på pärldraperiet som hon hängt för dörrhålet. Selma vände sig hastigt om för att se vad som klirrade.

– Bob Dylan, gillar ni honom? En melodislinga hördes avlägset. Jag behöver ha musik runt mig. Ja, ljudet kunde förstås vara bättre, men jag har bara en kassettradio eftersom jag har elallergi.

– Jag tror inte jag hört honom tidigare, sa Selma sanningsenligt.

Disa gick ut i köket, varefter hon kom in med en stor bricka på vilken det stod skålar i olika storlekar. De fick också varsin liten skål och en gaffel. Disa slog upp rödvin i deras glas. Selma tyckte om salladerna, bönorna och groddarna medan Artur klentroget synade innehållet noga innan han lade upp i sin skål. Vinet började verka och Selma blev mer avslappnad i kroppen och hade svårt att hålla balansen på kudden. Disa berättade om sin elallergi, och Selma tyckte det var intressant att få veta mer om det, och hon bestämde sig också för att tro Disa när hon berättade att det var ett verkligt sjukdomstillstånd. Artur verkade däremot mer tveksam. Disas stora, rödburriga hår stod som en angoramössa runt hennes smala ansikte. Ingen kunde tro att hon snart skulle fylla sjuttio, tänkte Selma.

– Jag såg att Månssons hus här snett över har sålts. Ja, jag inte bara såg, jag hörde också. Artur kände sig nöjd över att även Disa tycktes ha reagerat över oljudet, och han gav Selma en menande blick.

– Har du träffat dom nya ägarna? frågade han och fick en orolig blick av Selma.

– Träffat och träffat. Jag rusade in där en dag när musiken var olidlig.

– Det gjorde jag också, sköt Artur in.

– Jaså. Ja, jag flyttade hit för min elallergi men också för att få lugn och ro på gamla dar, sa Disa. Riktigt otrevlig var karlen och frun stod som ett mähä vid sidan.

– Vet du vad dom ska med det där tältet till? frågade Artur.

– Det kan man ju undra. Jag fick inget rejält svar av dom men mannen sa att han var pastor, så det blir väl väckelsemöten, tungotal och vad det nu är dom sysslar med. Blir det mer oljud eller andra konstigheter hoppas jag att vi går samman och gör en anmälan mot dom.

– Absolut, sa Artur snabbt och bestämt. Selma började skruva oroligt på sig, eftersom hon var rädd att maken skulle berätta att de hade varit i deras trädgård och vad de sett.

Samtalet leddes emellertid snabbt in på gamla gemensamma bekanta och Artur blev riktigt upplivad. När det blev dags för kaffe fick de var sin färgglad, stor mugg. Sedan satte Disa en burk pulverkaffe på bordet och hämtade en kanna varmt vatten så de själva kunde tillreda sitt kaffe.

– Det är banne mig nästan första gången du lagar kaffe, Artur, skämtade Selma när han tog lite Nescafé på sin tesked och blandade i vattnet.

Disa öppnade paketet hon fått och verkade uppriktigt glad över grytlapparna. Hon berömde Selma när hon fick veta att hon själv virkat dem. Selma började bli orolig över hur hon skulle ta sig upp från golvet. När det var dags att bryta upp fick hon liksom först rulla över på knäna varefter hon långsamt kunde resa sig upp.

– Behöver du skjuts någon gång så säg bara till, sa Artur vänligt.

– Tack det var rart av dig, men bussarna går ganska regelbundet.

När de kom ut i köket tittade Artur länge på bilden av Che Guevara. Den där gubben ser ut att behöva gå till frisören, tänkte han. När de vandrade hemåt längs vägen fick Artur tillstå att det hade varit en trevlig kväll.

– Men det var ju fan vad det osade om den där manicken hon hade på skänken.

– Rökelsen, menar du?

– Rökelse har man väl bara i kyrkor och sånt.

– Vad då sånt? Dom har sånt på Indiska i Malmö också. Hela affären luktar av sån där rökelse.

– Ja, du Selma, det är konstiga tider. Disa sa att hon aldrig varit gift, men den där karlen som hängde på fotot i köket var kanske en gammal fästman. Han tittade mot Selma i mörkret.

– I så fall har han många fruntimmer, för jag har sett honom på väggar lite varstans.

– Säger du det. Han är kanske sån där bimanist.

– Bigamist, rättade Selma.

– Det sa jag ju. Bimanist. Selma suckade och Artur fortsatte: Ett tag funderade jag över om hon kan vara en sån där tvestjärtad en? Det är ju så modernt nu för tiden.

– Modernt, fnös Selma. Det är en läggning dom har, och inte något mode, din tok. Hon stack sin hand i Arturs stora skrovliga näve. Inte tror jag att hon är sån heller. Det var förresten några rysligt obekväma kuddar hon hade. Förstår inte varför hon kastat ut soffan och fåtöljerna.

– Vad var det hon sa hon varit med i, sa Artur sömnigt.

– Med och med ... hon hade tillhört Flower Power-rörelsen på sextiotalet, sån där som är för fred och kärlek.

– Ja, det är bra det, Selma, sa Artur vänligt samtidigt som han låste upp ytterdörren. Men dom där skålarna med kaninmat, dom var jag inte så förtjust i. När Artur gick förbi hallspegeln liksom stannade han upp.

– Det var en rysligt grann slips den här med elefanterna, sa han.

När Artur gick till postlådan dagen efter för att hämta tidningen, tittade han ner mot Disas hus. Disa var allt trevlig, tänkte han. Men han hade förstås haft svårt att få bort bilden av när hon stod och svängde med pattarna i trädgården. Han hade givetvis inte sagt något om det när de träffades, då hade hon kanske blivit generad. Fast hon verkade inte vara typen som blir generad precis. Hon föreföll ganska tuff, som när hon hade berättat om sina resor och möten med främmande människor. Han undrade också om Selma haft rätt beträffande bilden av den där mannen hon hade på bild i köket. Han log. Barfota, sjuttioårskärring som sitter på kuddar och äter kaninmat. Men trevligt hade det varit, och det där med att hon varit hos Hernemos och klagat gjorde henne givetvis inte mindre intressant. Han skulle bra gärna vilja berätta för henne om den där gropen i trädgården, fastän han hade lovat Selma att inget säga, men kanske ändå …

Kapitel 6

Artur var som en sprängfull ballong när Disa mötte honom nere i byn. Och det hade inte tagit lång stund innan han fått ur sig hela historien om Hernemos gravgrop och den svarta säcken. Men Artur är en fantasifull karl, och Disa hade stött på hans sort förut. Man fick ta sådana berättelser med en nypa salt. Trots det kände hon en pockande oro i kroppen. Hennes tankar skenade visserligen inte iväg lika våldsamt som Arturs, men något märkligt med Hernemos var det, det kunde hon hålla med honom om.

Senare på eftermiddagen, när Disa var ute på sin tomt för att plocka några kvistar från buskarna som hon skulle hänga upp hjärtan i till Alla hjärtans dag, hörde hon märkliga sånger på hög volym från Hernemos trädgård. Hon tyckte också att hon hörde jämmer därifrån, och hon blev för ovanlighetens skull handlingsförlamad. Bara det där kräket till karl inte gjorde sin hustru illa! Skulle hon ringa polisen? Disa slängde snabbt de avklippta grenarna på trappan. Ut till sin postlåda hade hon rätt att gå så mycket hon ville, och därifrån kunde hon se in i Hernemos trädgård. Deras häck skymde visserligen sikten, så den där omtalade gropen kunde hon inte se, men väl om det fanns några personer i trädgården. Disa smög ut genom sin grind och bort mot brevlådan. Hon hörde inget jämmer längre, men den där konstiga musiken hade tilltagit i styrka. När hon sträckte på nacken fick hon se makarna Hernemo stå tätt intill varandra med allvarliga blickar. Plötsligt sträckte Arne Hernemo sina händer mot himlen:

– Gud i höjden, tag emot den döda ... Musiken dränkte resten av meningen.

Disa kände kalla kårar längs ryggraden.

– Låt jorden omsluta, för att senare väcka till nytt liv, fortsatte Arne Hernemo.

Disa sträckte sig så långt fram att hon nästan föll in i häcken. Hon fann en liten glipa och kikade in. Makarna stod framför den grop som Artur berättat om. Arne Hernemo höll på att fylla igen gropen med jord och hustrun såg allmänt förvirrad ut. En tom, svart sopsäck låg vid sidan och ljusen flämtade i de två kandelabrarna som stod bredvid.

Hernemo började stampa på jorden som han fyllt igen gropen med. Disa tyckte att det liknade en indisk regndans när han liksom gick i rundor med svajande, lätt böjda knän, samtidigt som han viftade med ett träkors. Han mumlade något ohörbart och när rösten på grammofonen sjöng ”Herren kommer”, sjöng han med i texten. Han vände sig ilsket mot hustrun:

– Britt!

Hustrun förstod utan närmare förklaringar och med svag röst sjöng även hon med i nästa vers.

Disa gick tillbaka till sitt hus. Hon tog de avklippta grenarna med sig in i köket och började arrangera dem. Inte kunde hon drömma om att hon skulle uppleva så märkliga saker, här i Tommarp. Hon hade varit med om mycket konstigt i USA – Mind, Body och Spirit-rörelsen kunde ibland ha extrema inslag och även hippiegängen som hon umgåtts med på sextiotalet – men detta tog priset, och hon visste knappast hur hon skulle hantera vad hon sett. Egentligen ville hon tala med Artur, men han hade lovat Selma att inget säga, och hon ville inte försätta honom i någon knivig situation. Disa tog en storblommig mugg ur skåpet och fyllde den med örtte, som stod och puttrade på vedspisen. Hon greppade den öronlösa muggen med båda händerna. Det värmde skönt. Marsvindarna var vassa och hon hade inte haft några ytterkläder på sig när hon stått ute vid häcken. Hon tittade tomögt ut över vägen. Hade hon gjort rätt som flyttat hit? Hon hade funderat mycket, men hennes längtan efter sina rötter hade fällt det slutliga avgörandet. Men alla vänner hade hon långt borta och här kände hon nästan ingen. Selma och Artur var förstås trevliga, men hon trodde inte att de hade så mycket gemensamt. Trots att de var några år yngre än hon föreföll de antika på något sätt. Kanske berodde det på den snäva värld de levt i? Kanske kunde hon ändra på det? Hon log. Ja, nog behövde de få lite influenser från stora världen, alltid. Artur verkade förstås ganska häftig. Den där slipsen med de rosa elefanterna var riktigt fräck, och hon hade sett det förr att människor man minst anade hade resurser inom sig. Det gällde bara att locka fram dem. Disa rättade till en trave böcker som låg på köksbordet. *Qigong i teori och praktik* låg överst och var välläst. Det fanns rödvinsfläckar på omslaget och Disa hade lagt in ett bokmärke i form av en broderad remsa med påsydda pärlor. Hon drog händerna genom det rödburriga håret och försvann in i rummet.

Poliskommissarie Håkan Andersson satt med sin kollega Ingvar Lilja i polisbilen.

– Dessa förbannade rondeller. Håkan Andersson krängde med ratten när polisbilen törnade mot kantstenen i den lilla rondellen vid infarten till Simrishamn. Ingvar Lilja kommenterade inte utan sa:

– Vet du var badhytterna ligger?

– Visst. Vi kan parkera vid Strandpaviljongen. Badhytterna ligger alldeles intill. Det borde du väl veta? Fast klart, du är ju inte härifrån. Det är där dom vackraste flickorna solar på sommaren. Vi kör bara Storgatan ner, förbi torget, längs med hamnen och småbåtshamnen, sen är vi där.

– Tror du blodet kan vara från den försvunne mannen?

– Det tror jag inte. Han har varit försvunnen förut. Han har väl hittat någon intressant dejt på nätet. Allt blod kommer inte från mördade, Lilja, om det är det du tror, men klart vi ska kolla upp. Förmodligen är rikskrim redan där och tar DNA-prover.

– Här är det tomt och öde, sa Lilja, när de körde genom stan.

– Vänta till sommaren, då kan man knappast ta sig fram. Man får inte heller förresten ...

– Vad då, får?

– Då är det blomkrukor som gäller, och gatan är avstängd från torget och neråt. Det märks att du precis flyttat hit. Uppe i Stockholm har ni väl inga blomkrukor ... bara graffiti och sånt skit.

– Åja, då har du inte varit på Skansen och i Kungsträdgården.

Håkan Andersson parkerade bilen utanför Strandpaviljongen.

– Full aktivitet, både från polisen och nyfikna. Han pekade bort mot badhytterna där en hop människor samlats. Blåvita band avgränsade en av de rosa badhytterna och Andersson och Lilja promenerade bort mot folkhopen.

– Har ni hittat något? sa Andersson till en av poliserna när de kom fram.

– Inte mer än vad vi visste, svarade polisinspektör Haraldsson från rikskrim. Men vi har säkrat DNA. Det fanns en liten blodpöl. Såg precis ut som om någon släpat något eller någon över marken. I nuläget har vi visserligen ingen att matcha DNA-provet med. Men nu har vi tagit proverna i alla fall, så får vi se hur det utvecklas.

– Vi är förmodligen ute i ogjort ärende. Det är säkert bara någon som fått på käften och blött näsblod. Här brukar ungdomarna sitta och grilla. Jag har hört att dom snor trädgårdsmöbler från koloniområdet. Håkan Andersson pekade bort mot kolonierna. Sen gör dom brasor av möblerna och grillar. Vi har varit här flera gånger när det varit bråk.

– Jag ser då inga spår efter någon grillplats, fnös Haraldsson.

– Inte precis vid denna badhytten, sa Andersson snorkigt.

– Det är väl vid denna det gäller ... eller?

Andersson kände hur ilskan stegrade sig i kroppen. Typiskt rikskrim, tänkte han. De lyssnar inte eftersom de tror att de vet allt.

Artur stod vid de blåvita banden och följde nyfiket vad som hände. Han undrade givetvis vad som stod på men visste att han snart skulle få veta eftersom han såg Ystads Allehandas reporter och fotograf tränga sig fram. Artur hörde inte vad polismännen sa, men efter en stund plockade de ihop sina medhavda attiraljer, pratade i sina mobiltelefoner, satte sig i bilarna och försvann. Folkhopen förde ett lågmält samtal varefter även de skingrades, på sina cyklar eller gående. Artur vände sig häftigt om och märkte samtidigt att han trampade på något hårt. När han böjde sig ner såg han att det var en nyckelknippa. Han tog snabbt upp den och gick raskt mot Strandpaviljongen. Precis när han kom fram startade polisbilen och körde därifrån. Artur stod handfallen en stund, varefter han stoppade nyckelknippan i fickan, startade bilen och körde in mot centrum.

Det hade varit en ren tillfällighet att han fått se spektaklet. Varje gång han körde till Simrishamn tog han alltid en tur till havet, och när han skulle vända bilen vid Strandpaviljongen hade han fått syn på poliserna och alla människor och gått dit för att se vad som var på gång.

Nu fick han en sådan där soröra i skallen igen. Han hade ingen lust att köra ända till Ystad för att lämna nycklarna på polisstationen där. Vanvett att flytta både polisstation och tingsrätt härifrån, gruffade han för sig själv. Han bestämde sig för att avvakta med nycklarna. I dag hade han viktigare saker att tänka på än nycklar. Selma hade fått vinterkräksjukan. Ja, riktigt eländig var hon. Hon hade suttit på toaletten nästan hela natten, och Artur kände sig olycklig över att han inget kunde göra för henne. Bara det inte var något annat, något farligt? Ja, han hade själv inte sovit en blund på hela natten. Vankat av och an mellan rummen och funderat och funderat. Hade inte hans fars sjukdomssymtom också börjat med kräkningar och diarréer? Han vågade inget nämna till Selma men tankarna var som hackspettar i huvudet på honom.

De hade slut på mjölk, kaffe och vetemjöl. Selma hade för första gången bett honom att ensam åka och handla på Brunnshallen. Hon hade med möda orkat skriva en handlarlapp åt honom, vilken han givetvis glömt hemma på köksbordet. Men minnet var det inget fel på, och det fanns ingen anledning att åka tillbaka för att hämta lappen.

Artur stannade bilen på parkeringen, bredvid Suckarnas gång. Han hade ofta varit med Selma och handlat, men antingen hade han suttit kvar i bilen eller – om hon hade tungt att bära – kommit in i affären när han gissat att hon handlat färdigt. Det där parkeringshuset på andra sidan gatan hade han inte mycket till övers för. Rondeller och parkeringshus var för ungdomar. En gång hade han snirklat in sig i det där förbannade parkeringshuset och nästan gripits av panik innan han hittat ut.

Artur gick bort till kundvagnarna. Han ryckte och slet i den främsta, men det verkade som om hela raden av vagnar ville följa med. Då kom han på att Selma brukade säga: ”Har du en femma till kundvagnen?” Artur fick syn på myntinkasten i vagnarna och grävde i plånboken tills han hittade en femkrona och lösgjorde vagnen. Jädrans spektakel, tänkte han. Behöva betala innan man ens kommit in i affären! Han gick okoncentrerat längs gångarna och tittade på hyllorna. En falukorvsring skulle han ha, och den hittade han ganska snabbt i kyldisken. Han stannade och funderade. Visst, äpplen. När han kom till avdelningen för frukt och grönt stod han bara och tittade. Sedan såg han en kvinna riva av en plastpåse från en rulle. Han gjorde likadant och gick fram mot de äpplen som han tyckte liknade de som Selma brukade köpa. Han försökte öppna plastpåsen, men hur han än försökte kunde han inte få upp den. Han spottade på fingrarna och liksom gned mot påsen, utan resultat. Han kände hur frustrationen brann inom honom. Han slet av en ny påse och gjorde ett nytt försök.

– Det är inte lätt, sa en äldre kvinna vänligt. Det är lättare att komma in i Kumlabunkern än i dom här påsarna.

Hon räckte Artur en påse som hon öppnat. Han log mot kvinnan och tog tacksamt emot plastpåsen, varefter han fyllde den med äpplen. Så var han tvungen att fundera igen. Vad var det mer han skulle ha? Jo, mjölk, så klart. Det var inga svårigheter att hitta den och han satte ner tre liter mjölk i vagnen. Sedan var det nog inget mer, konstaterade han, men säker kände han sig inte. Det var det där med poliserna och nycklarna som ställt till det, annars skulle minnet ha fungerat bättre. Han gick mot kassan. Sardiner! Han sken upp. Det var länge sedan de haft det. Det måste ha varit när de var nygifta. En grov smörgås med sardiner: det var en riktig delikatess! Artur lade ner två sardinburkar i vagnen. Så upptäckte han hyllan med syltburkar, och då var det precis som om han såg Selmas lapp framför sig. Nog hade det stått sylt på den? Han granskade noga burkarna på hyllan. Hallonsylt, blåbärssylt, jordgubbssylt och lingonsylt. Arturs panna liknade plötsligt vågorna som rullar in mot land. Ja, det hade bildats en jämn rad med veck från ögonbrynen och upp till hårfästet. Hur han än funderade kunde han inte minnas vad som stått på lappen. Här fanns dessutom burkar med innehåll som han aldrig hade hört talas om, och han bestämde sig för att det fick bli någon av burkarna vars innehåll var bekant. Lingonsylt hade de jämt hemma och han tyckte att han sett en lingonburk i skafferiet för någon månad sedan. Därmed bestämde han sig för att de inte behövde mer lingonsylt. Jordgubbssylt lät sött och gott. Han tog en av de större burkarna och satte ner den i kundvagnen innan han gick fram till kassan.

– Har ni ICA-kort? frågade kassörskan vänligt.

– Vi handlar inte på kort, utan kontant, sa Artur med bestämd röst och kände sig nästan kränkt.

– Man kan dra ICA-kortet även om man betalar kontant, förklarade kassörskan tålmodigt.

– Jag betalar kontant och så ska ni samtidigt dra ett kort? Det måste väl vara antingen eller? Inte kan jag förstå varför människor skaffar såna där kort om man samtidigt ska betala kontant.

Den unga kassörskan skruvade på sig och kön började växa bakom Artur.

– Man betalar inte med kortet, man får rabatt på varorna man köper, sa en rar dam bakom honom.

Artur fattade ingenting och nu började irritationen i kön att växa. Han kände sig fånig, samtidigt som han upplevde ett styng av ilska mot Selma som inte informerat honom om vad som gällde. Han räckte kassörskan en femhundralapp och började plocka ner varorna. Lite stolt kände han sig över att han kommit ihåg att lägga två plastpåsar på varubandet, fast å andra sidan var det i detta skede som han brukade komma in i affären och vara Selma behjälplig.

När han hade satt in påsarna i bilen låste han snabbt och gick upp till Storgatan. Han skulle gå till Mårtens Conditori och köpa var sin bakelse med hem. Det var som om han inte själv tänkt tanken, den bara kom. Nu skulle allt Selma bli överraskad, tänkte han stolt, medan biträdet lade bakelserna i kartongen. När han betalade, sa han plötsligt:

– En trisslott också.

Ångrade inköpen gjorde han inte, men en viss osäkerhet smög sig på honom när han körde mot hemmet.

Selma kände sig matt i kroppen. Det snurrade i huvudet när hon reste sig från toalettstolen och med försiktiga steg gick ut i köket och drack ett glas vatten. När hon såg handlarlappen ligga kvar på köksbordet suckade hon. Falukorv, äpplen, mjölk, lingonsylt, kaffe, vetemjöl och morötter. Om Artur hade dessa sju saker med sig hem från affären, utan handlarlapp, då skulle hon köpa en trisslott, för då hade hon allt en turdag.

Så kom de igen, vågorna av illamående och hon skyndade tillbaka till toaletten.

– Ho, ho, Selma, det är jag, sa Artur när han kom in i köket.

Han satte ner varukassarna och gick in i sovrummet. Hur är det? sa han oroligt.

Nu lyser döden ur ögonen på honom igen, tänkte Selma.

– Inget vidare, men dö har jag inte tänkt att göra.

– Det var ju bra det, sa Artur lättad och gick ut i köket.

– När han plockade ut varorna från påsarna kom Selma ut i köket.

– Ligger morötterna, kaffet och vetemjölet kvar i bilen? frågade hon ironiskt.

– Jag tänkte väl att det var något mer ...

– Det var det tydligen.

– Vad då?

– Sardiner. Varför i herrans namn har du köpt sardiner, Artur? Det är säkert fyrtio år sen vi hade sardiner senast i huset.

– Då är det på tiden ... och jag blev sugen.

– Nå ja, då så, jag bara undrade. Jordgubbssylt! Jag smäller av. Vad ska vi med den till? Sött och slibbigt. Selma såg med vämjelse på burken, tog sig om magen som om illamåendet kommit åter och skyndade mot sängen.

– Fick för mig att det stod jordgubbssylt på lappen.

– Vid vilka tillfällen nyttjar vi jordgubbssylt? hördes från sovrummet.

– Vill du ha kaffe? sa Artur försiktigt.

– Jag kan inte må sämre än jag gör, så sätt du på en kopp. Det kanske rent av hjälper.

– Var står bönorna?

– Där dom stått i alla år. I hörnskåpet.

Artur kände att det inte riktigt var hans dag ... hittills. Han gick ut i hallen och hämtade kartongen med bakelserna. Han dukade fint men kände sig osäker på hur många mått kaffebönor han skulle lägga på. Ibland när de varit borta sa Selma ”vilket kaffeblask”, så han bestämde sig för att inte snåla med bönorna.

– Var så god. Kaffet är serverat, sa Artur stolt.

Selma kom ut i köket på ostadiga ben. Ansiktsfärgen gick i gråvitt och hennes ögonvitor såg rödsprängda ut. Hon stannade på tröskeln när hon fick se bakelserna.

– Bakelser en onsdag, mitt på dagen! Du är allt tokig du, Artur. Det var både första och sista gången jag skickar dig till affären.

Artur blev lite besviken över att Selma inte blev glad. Hon satte sig tungt i soffan och Artur slog upp kaffe.

– Jag sa till mig själv när jag såg att du glömt handlarlappen, att kommer du hem med alla varorna har jag en turdag och ska köpa en trisslott, suckade Selma.

– Det behöver du inte, sa Artur glatt. Han tog upp sin plånbok från bakfickan och lade en trisslott på bordet. Jag köpte en, Selma. Tänkte vi skulle vinna några miljoner. Gör vi det ska vi unna oss en resa. Jag tyckte det var fint i Småland.

Selma kommenterade inte lotten. Vilket herrans hallå, när han för första gången i sitt liv varit och handlat själv, tänkte hon. Bakelser, jordgubbssylt, sardiner och trisslott. Hon förstod att allt varit av välmening men hon kunde inte visa tacksamhet, hon mådde för dåligt. Selma tog en sked av bakelsen, varefter hon lyfte koppen och tog en klunk kaffe. Hon hostade och satte snabbt ner koppen.

– ARTUR, hur mycket bönor lade du i? sa hon samtidigt som hon höll sig för magen och rusade in på toaletten igen.

Någon sardinsmörgås skulle det inte bli i kväll, det kände Artur på sig.

Kapitel 7

Dagen efter kände Selma sig bättre. Hon hade ätit lite frukost och fått behålla maten. Artur höll sig utomhus. Han var rädd för att bli smittad, även om Selma sa att han i så fall redan skulle vara det. Men Artur hade hört på teve att den där kräksjukan till och med tagit livet av människor, och den risken ville han inte ta. När klockan var prick tolv gick han in eftersom de alltid var noga med att hålla mattiderna. Det doftade härligt när han kom in i hallen.

– Hur mår du, Selma? sa han vänligt när han slog sig ner vid köksbordet.

– Jo vars, lite matt är jag allt i kroppen, men bättre känns det. Det blir skysås till kotletterna i dag.

Artur tittade förvånat mot kotletterna på uppläggningsfatet. De låg och simmade i tunn sky. Han kände besvikelsen skölja genom kroppen. De brukade ha brun, tjock sås i vanliga fall.

– Varför har du inte gjort vanlig sås?

– För att jag inte har något vetemjöl och jag tänker inte skicka dig ensam till affären fler gånger. Ska du ha jordgubbssylt till?

När Artur var färdig kände han sig inte mätt men han ville inte markera genom att bre en smörgås.

– Vill du ha kaffe på maten eller du tog de sista bönorna i går? Selma stannade upp, tog ett djupt andetag och ändrade sedan tonen. Hon skruvade ner från vass ironi till mer skämtsam.

– Jag skulle vilja ha sett dig, Artur Jacobsson, när du körde runt där med kundvagnen på Brunnshallen. Hon klappade honom lite lätt på axeln när hon gick förbi för att sätta på kaffet. Hon hade tänkt på det när hon legat till sängs i går kväll. Hon hade varit lite hård mot honom. Han hade ju velat väl, med bakelse och trisslott. Det blev bara för mycket, och dåligt hade hon mått.

Artur sneglade lite försiktigt på henne som om han inte riktigt visste om hennes humör blivit mildare eller om det var fortsatt ironi. När han såg hennes leende kom den där varma känslan i hans kropp.

– Det skulle smaka bra med kaffe, men jag har inga bakelser i dag, fast trisslotten kan vi skrapa, Selma ... om du vill, sa han längtansfylld.

Så satt de där båda, leende vid köksbordet med var sin kopp kaffe och hembakade kanelbullar. Selma hade tagit upp en femkrona från sin börs som de skulle skrapa lotten med. Artur kavlade upp skjortärmarna och såg koncentrerad ut.

– Ska vi skrapa vartannat nummer?

– Ja, men jag börjar, svarade hon ivrigt och tog femkronan och skrapade i det första fältet.

– Bra, Selma! Hundratusen, det var en bra början. Artur rafsade åt sig lotten. Han skrapade ivrigt nästa fält på lotten.

– Lugn, stirra inte till det, sa Selma. Du sliter sönder lotten.

– Femtio kronor, sa Artur besviket. Det räcker inte till någon smålandsresa. Knappt bussen till Ystad en gång.

Selma sträckte sig efter lotten och skrapade ivrigt.

– Hundratusen till, Selma, Artur väste ut orden.

– Försiktigt, vi måste skrapa fram en till av samma valör. Ska vi vänta och skrapa resten i kväll?

– Är du tokig, sa Artur och rev på nytt åt sig lotten.

Den första vårsolen tog sig med lätthet in genom de tunna köksgardinerna. Selma och Artur var inte medvetna om solen. Inte ens kanelbullarna fångade deras uppmärksamhet. Kaffekopparna var halvfulla och skrapet från lotten låg som svarta små muslortar på köksbordet. När Artur skrapade igen skrek Selma högt:

– Hundratusen, Artur! flämtade Selma.

– Men är där inte fler nollor? Artur pekade med sitt krokiga finger.

Selma kontrollerade och räknade nollorna.

– Du har rätt. Det var en miljon du skrapade fram. Jag trodde det var hundratusen. Kanske tur att det blev som det blev. Vad skulle vi med så mycket pengar till? undrade Selma.

– Ja, vi kan inte pendla fram och tillbaka till Småland ... men det är två till ...

Selma skrapade lugnt nästa fält:

– Femtio kronor till.

– Alltid gör det gott i någon hörna, om det blir en till vill säga, sa Artur. Han skrapade det sista fältet utan iver och föste sedan lotten åt sidan.

– Din tok, sa Selma. En femtio till, då vann vi.

Artur sträckte sig efter lotten som för att kontrollera.

– Ja, det har du rätt i. Då gick det ihop. Det blev till både lott och bakelser.

Plötsligt var det som om de landade i verkligheten. Artur sträckte sig efter en kanelbulle och Selma tog en klunk kaffe.

– Jag pratade med Arvartsson igår.

– Så vad då?

– När han kom med posten i måndags hade Disa stått ute på vägen och svängt med pattarna igen.

– Det är väl allmän väg, sa Selma.

– Allmän väg, fnös Artur. Tycker du inte det är lite märkligt ändå?

– Klart lite märkligt är det väl, men inget att bry sig om.

– Arvartsson brydde sig i alla fall. Han var rent exalterad när han berättade det.

– Han är ungkarl, Artur. Han är väl inte så van att se kvinnobröst. Lägg nu lotten, så du vet var den är, avslutade Selma och dukade av kaffet.

På kvällen tittade de på en gammal svensk film på teve. Artur hade svårt att koncentrera sig.

Tankarna på nyckelknippan i jackfickan ville inte lämna honom. Han hade inget sagt till Selma för han visste inte riktigt vad han skulle göra med nycklarna. Han bannade sig själv för att han inte hade lämnat dem till polisen med en gång. Nu kändes det pinsamt. För varje timme som gick blev det allt omöjligare att lämna in dem och berätta om nycklarna för Selma. Enda utvägen var att själv försöka bringa klarhet i det hela. Det hade inte stått något nytt i tidningen på morgonen om den försvunne mannen, men blodet vid badhytterna hade fått stora rubriker. Det spekulerades, men av utredningstekniska skäl ville man inte avslöja några detaljer. Artur och Selma hade diskuterat artikeln vid frukostbordet och tyckt att det hela var otäckt. När Artur tittade på tidningsbilden kunde han skönja sig själv längst bort i folkhopen, och han var glad över att Selma inte hade observerat det. Han ruskade på huvudet och tittade plötsligt på klockan.

– Nu kommer snart vädret, sa han, böjde sig fram efter fjärrkontrollen och skiftade kanal.

– Vad gör du? sa Selma barskt. Jag ser på filmen. Du är väl inte beroende av vädret längre?

– Jag måste bara se vad hon har på sig och hur hon flaxar runt.

– Vem?

– Hon den där norskan.

– Tone, menar du?

– Ja, hon ja.

– Hon är rar, hon, sa Selma, men hon visade nästan brösten i en tidning och blev avstängd från väderprogrammet ett tag.

– Det är hon i kväll, sa Artur förväntansfullt och lutade sig framåt. Titta, som hon flaxar fram och tillbaka och som hon viftar med armarna. Titta, Selma! Jag är säker på att hon kommer att springa rakt genom teverutan en kväll ... Hennes byxor sitter hårdare åt än mina kostymbyxor gjorde! Ser du det, Selma?

– Hur gitter du engagera dig så. Tänk om du engagerat dig lika mycket i världshändelserna.

– Se! Nu far hon fram och tillbaka igen, sa Artur ivrigt.

Selma sträckte sig fram efter fjärrkontrollen och skiftade kanal.

– Jag går och lägger mig, sa Artur resignerat.

– Gör du det. Släcker du smålamporna i matrummet?

Artur svarade inte men gick samma runda i huset som han gjort så många gånger förut. När han gick förbi hallen stoppade han ner handen i jackfickan för att titta på nyckelknippan.

– Förbannat, sa han åt sig själv. Hur kunde jag vara så korkad och släpa nycklarna med mig hem. Fyra nycklar fanns det i knippan. Tre vanliga smäcklåsnycklar och en som såg lite märklig ut. Kanske till något garage eller ett källarutrymme, tänkte han. När han vände på den lilla nyckeln såg han att den hade en påklistrad etikett, där det stod *fack 29*. Ja, just det! Det liknade en sådan nyckel som de själva hade till sitt bankfack inne på Sparbanken Syd i Simrishamn. Givetvis borde han åka och lämna dem till polisen. Han suckade och lade tillbaka nycklarna i jackfickan. När han blundade såg han etiketten framför sig: *fack 29*. Han funderade över om det var brottsligt att åka in och titta om nyckeln passade i bankfacket. Han skulle inte röra något utan bara konstatera. Banken måste ju veta vem som har bankfacket. Det gick en ilning genom Arturs kropp. I sin ungdom hade han drömt om att bli polis. Han hade haft en skolkamrat som hette Bertil, vars far var polis. Artur hade varit så intresserad när polismannen berättade om sitt arbete, och uniformen med de blanka knapparna kunde han inte se sig mätt på. Förr brukade föräldrar hota barnen med polisen om de inte löd: ”Är du inte snäll kommer polisen och tar dig”, men det bet inte på Bertil. Artur hade hört att hans far i stället hade sagt: ”Är du inte snäll,

Bertil, kommer barnavårdsnämnden och tar dig.”

När Selma senare kom in i sovrummet sov Artur. Först trodde hon att han bara blundade eftersom ögonlocken fladdrade oroligt på honom. Det virkade sängöverkastet hade han vikt ihop fint, men zigenardockan låg slängd på golvet. Selma tog varligt upp den, rättade till hennes klänning och lade extrafilten över henne, samtidigt som hon strök dockan över håret. Selma stod och tittade på Artur en lång stund och en våg av ömhet sköljde över henne.

– Artur Jacobsson, sa hon tyst. Du har allt fått bryderier i skallen. Gravar, religiösa sånger och Disa som svänger med pattarna. Snart ser du väl rosa elefanter också! Hon skrattade ... Och Tone som du tror ska springa rakt igenom teverutan. Inte undra på att du är trött.

När Selma kröp ner i sängen gnydde Artur till och vände sig om. Selma lade sig på rygg och knäppte händerna över brösten. Aftonbönen brukade vara ganska lång. Hon hade för vana att tacka för allt som varit bra och be för det som hon var orolig för. I kväll var hon emellertid så trött att hon bara sa: ”Tack för allt och bevara mig för allt.” Sedan gled hennes händer isär och sjönk ner på det ljusblå påslakanet.

Dagen därpå brakade helsiket löst. Musik ekade från Hernemos trädgård och bilar anlände i en strid ström. Eftersom bilarna inte fick plats på uppfarten, ställde besökarna dem längs vägkanten. Vägen var smal och de fick stå med halva bilen nere i diket. När Selma gick ut till hönsen smög Artur upp på vinden och tittade ut genom vindsfönstret. Människor sprang runt som kor på grönbete i Hernemos trädgård, och det hela verkade helt oorganiserat. Eftersom Artur visste att Disa hade samma inställning som han beträffande skrålandet från trädgården blev Artur ivrig och ville gå hem till Disa. Han visste emellertid Selmas inställning och bestämde sig för att låta bli.

Det försiggick något skumt hos Hernemos. Disa hade berättat för honom om vad hon sett, och Artur var helt övertygad om att det var en begravning som hon hade bevittnat. Men om det hade något att göra med den försvunne mannen återstod att se. Han kom att tänka på nyckelknippan och det där numret till bankfacket. Han hade sett sin ranson av deckare i sina dagar och visste att magkänslan var viktig. Hans mage sa att graven, den försvunne och nyckelknippan hängde ihop. Handflatorna blev alldeles svettiga av upphetsning. Tänk om det fanns ledtrådar i bankfacket, funderade han. Han måste undersöka saken! Problemet var vad han skulle säga till Selma. Han körde nästan aldrig själv till Simrishamn, och efter hans senaste inköpsrunda till Brunnshallen var hon förmodligen ännu mindre benägen att släppa iväg honom. Han visste inte heller var Selma förvarade deras nyckel till bankfacket. Han måste vara finurlig.

Hela förmiddagen funderade Artur på en bra förevändning att åka ensam till Simrishamn. Hur skulle han kunna komma iväg på ett sätt som Selma accepterade? Frustrationen över oljudet från Hernemos gjorde att han inte kunde tänka klart. Och var låg deras nyckel? Selma hade ett litet skrin i en av lådorna i bokhyllan inne i matrummet, det visste han. Kanske låg bankfacksnyckeln där. Han visste att hon hade lite småprylar i skrinet som hon var rädd om. Artur satt vid köksbordet när Selma kom tillbaka från hönshuset och han kände sig ertappad bara över de tankar han hade.

– Jag funderar på om jag ska köra till Simrishamn och hämta ut vår lotterivinst, sa Artur försiktigt.

– Vi måste ändå köra och handla i morgon.

Artur krängde sina hjärnceller. Det blir inte lätt det här, tänkte han.

– Jag bara skämtade, Selma. Jag ska köra in och se om jag kan fixa nytt batteri till bilen. Den börjar bli svårstartad.

– Det går väl lika bra att fixa i Gärsnäs, det är närmare.

– Det har du rätt i, men jag väntar tills vi har ätit.

”Du blir svart om munnen när du ljuger”, hade hans far brukat säga, och Artur torkade sig om munnen med skjortärmen.

– Har du myror i strumporna? Det verkar som du försöker springa ifrån något.

Artur satte sig längst ut på stolkanten och låtsades gunga lite nonchalant med högerbenet som han lagt över det vänstra.

– Är det oljudet från Hernemos som stör dig? frågade Selma.

– Inte är det något njutbart, och jag tänker på Disa som bor nästan mitt emot.

– Undrar vad alla bilar gör där nere? Selma gick bort till vasken och började skala potatis. Artur reste sig och smög ut i hallen och vidare in i matrummet. Just som han skulle lyfta locket på skrinet ropade Selma:

– Var är du?

– Ska bara kolla elementen. Jag tycker det känns kyligt.

Selma ställde sig i dörren. Hon sa inget men tittade skeptiskt mot honom. Artur skyndade bort och lade handen på ett av elementen. När Selma försvunnit stannade han kvar och tittade sig omkring.

Matrummet använde de sällan. Det var när Klas, Elna och barnbarnen var där och så en gång per år när Elnas föräldrar var ditbjudna, så inte var slitaget stort på rummet precis. Inga stora släktkalas. Selma hade inga syskon och Arturs två bröder hade dött i ganska unga år. Lite vardagligt umgänge hade de förstås. Helga och Sven som bodde längst ner vid vägen och så ett par familjer nere i byn. Men vid dessa tillfällen satt de oftast i köket eller ibland i teverummet. Selma var förstås i matrummet nästan varje dag när hon tände smålamporna och Artur när han släckte dem, men han såg sig sällan omkring i rummet. Konstigt, det kändes precis som om han var gäst i sitt eget hus när han var här inne. Allt var främmande på något sätt, trots att den märkvärdiga soffan stod där den alltid gjort. Den hade stått där redan när föräldrarna levde och eftersom den sällan använts var den i prima skick och de hade beslutat sig för att behålla den. Det var en soffa i rokokostil och eftersom benen var svängda hade de alltid kallat den för ”den hjulbenta soffan”.

– Ja, ja, suckade Artur när han stängde dörren bakom sig.

När Artur närmade sig stora vägen såg han på skylten som visade åt höger mot Gärsnäs och skylten som visade åt vänster mot Simrishamn. Han slog ut blinkern mot vänster samtidigt som skuldkänslorna vällde över honom: Han hade ljugit för Selma. När han stannade vid stoppskylten lade han bilen i friläge och drog i alla fingrarna tills det knakade. En bil bakom honom tutade ivrigt och han lade snabbt i en växel och körde ut på stora vägen mot Simrishamn. Herregud, tänkte han, det var väl ingen dödssynd att köra till Simrishamn i stället för till Gärsnäs? Det skiljde bara några kilometer och ärendet han skulle uträtta på banken kunde kanske klargöra vissa saker, så att han fick lugn i själen. Selma brukade minsann säga med bestämdhet att rättvisa skulle skipas i alla lägen, och det var precis det han var på väg att göra. Samtidigt kände han en osäkerhet. Det var ju inte alls säkert att nycklarna tillhörde den försvunne mannen eller att Arne Hernemo var inblandad. Men det var det där med hans vänstra knä. Det slog aldrig fel, att det var något fanskap när knäet började värka. Och nog värkte det alltid. Selma skulle bli stolt över honom om han kunde bringa klarhet i konstigheterna. Men han måste vara försiktig, mycket försiktig.

Selma hade lovat Disa att hon skulle få några ägg, och hon passade på att gå till henne när Artur var i Gärsnäs. Hon plockade ner tio stora, bruna ägg i en påse och begav sig dit. Oljudet i Hernemos trädgård fortsatte med oförminskad styrka och Selma hörde också märkliga röster, som liksom mässade. Disa öppnade genast när hon knackade.

– Vilka fina ägg, berömde Disa.

– De är från frigående höns.

– Det syns. Sätt dig ner i mitt enkla tjäll.

Selma slog sig ner och tittade sig omkring. Det var något speciellt och spännande med Disa, så annorlunda på något sätt. De talade givetvis om oljudet från Hernemos men de talade också om gamla minnen. Stolen var obekväm och Selma fick flera gånger ta handen mot ryggen för att få stöd.

– Har du ont i ryggen, Selma?

– Ryggen! Jag börjar få värk lite varstans, men ryggen är värst. Jag har kanske inte varit så rädd om mig. Du vet slitet på gården, tidiga morgnar med att mjölka kor, och kallt var där i stallet. Sånt sätter sina spår.

– Får du någon behandling?

– Äsch, sa Selma, gamla kärringar satsar dom inte så mycket resurser på.

– Har du försökt rosenterapi?

– Rosenterapi?

– Jag mådde själv dåligt under en period. Stress och spänningar. Rosenterapin hjälpte mig, faktiskt.

Selma såg tveksam ut. Hon hade väninnor som åkte på spa och gyttjebehandlingar och till och med behandlingar med varma stenar. Hon var lite skeptiskt till sådant. Hon hade varit med på någon provbehandling på ett ställe tillsammans med en väninna, men det hade inte gett henne någon aha-upplevelse. De andra damerna hade köpt dyra oljor och krämer men Selma skämdes inte över att hon inget köpt. Hon hade försvarets hudsalva och Apotekets egna, billiga produkter.

Disa försvann in i rummet och kom tillbaka med en bunt papper och broschyrer.

– Du kan låna dom här. Det är lite information om rosenterapi. Jag gick själv utbildningen när jag bodde i USA. Om du vill, kan jag ge dig en behandling? Gratis, tillade Disa skämtsamt. Selma såg generad ut. Hon ville inte göra Disa besviken, men helst ville hon inte eftersom hon inte trodde på sådant hokuspokus.

– Egentligen ska man ha en brits, sa Disa med plötslig iver i rösten. Jag har faktiskt funderat på att köpa en sån och sätta upp lappar i affärerna för att få kunder. Men du kan ligga på kuddarna inne i rummet.

– Nja, tvekade Selma, Artur kommer snart hem.

– Det tar inte så lång tid, sa Disa och var redan på väg in i rummet.

Selma satt kvar på köksstolen och visste inte riktigt hur hon skulle snirkla sig undan.

– Kom ska du se, ropade Disa. Det är inte farligt, bara skönt. Ta av dig på överkroppen, beordrade hon sedan i en så bestämd ton att Selma riktigt ryggade.

En liten stund senare låg Selma på mage på kuddarna på golvet. Handväskan hade hon ställt på golvet bredvid sig. Disa hade förmått henne att ta av sig tröjan och hade inte gett sig förrän Selma även lagt av sin behå. Selma kände sig inte bekväm i situationen, det kändes ganska pinsamt. Tur att Artur inte ser det, tänkte hon – han blir så upprörd av bara bröst – och ett litet leende skymtade i hennes mungipa. Hon hörde hur Disa tassade runt i rummet. Först satte hon på en lugn melodi på bandspelaren och därefter kände Selma doften av rökelse. Disa sa inget, men Selma var medveten om hennes närvaro. Sedan kände hon hur Disa smorde in henne med olja på ryggen.

– Man ska bara trycka på spända muskler, inte massera. På så sätt ger man musklerna möjlighet att ”minnas” sitt avspända läge. Disa fortsatte att trycka på olika ställen på ryggen samtidigt som hon talade lugnt, ja, nästan viskande. Hon talade om rosenterapin och vad den kunde åstadkomma. Efter en liten stund kände Selma en inre ro. Det var som om hon flöt bort och kände sig helt avspänd, trots den märkliga och ovanliga situationen.

– Du var duktig, Selma, berömde Disa efteråt. Du tog emot behandlingen.

– Tog emot?

– Jag kände dina kraftfält och hur du gav dig hän.

– Det var skönt, tillstod Selma.

Disa fick ge henne en hjälpande hand för att komma upp från golvet, och därefter fick Selma något indiskt te som var kryddigt och gott. Disa hade smort in hennes rygg efteråt med något som luktade gästtvål och Selma kände sig riktigt väl till mods.

– Den vanliga sjukvården ger jag inte mycket för, sa Disa. Mor berättade för mig en gång om en man härifrån som låg allvarligt sjuk och läkaren hade satt in vak för att ha honom under ständig kontroll. Sjuksköterskan som vakade över honom hade somnat flera gånger och mannen hade fått puffa sköterskan på armen allt som oftast för att hon skulle hålla sig vaken.

– Hu, vad hemskt, tänk om han dött. Selma såg förfärad ut.

– Det är bara en historia, sa Disa snabbt när hon såg Selmas blick.

Så bröt skrattet loss.

Selma smuttade på det kryddiga teet. Hon tyckte om Disa, det gjorde hon.

När Artur kom till Simrishamn körde han Storgatan ner till

torget. Han svängde sedan till höger in på Järnvägsgatan och parkerade bilen på parkeringsplatsen snett emot Elimförsamlingens högsäte. När han steg ur bilen trampade han i en lerpöl. Han svor tyst. Den där parkeringsplatsen var som en lerig åker. Innan Artur gick ner mot kiosken och Försäkringskassan tittade han sig omkring för att kontrollera att där inte fanns några bekanta som såg honom. Han skrattade år sig själv. Han uppförde sig som om han var en bankrånare på väg att göra en storkupp. Nycklarna höll han hårt i handen. Deras bankfacksnyckel hade legat precis där han trott, i skrinet inne i bokhyllan. Han hade passat på att ta nyckeln när Selma stod i duschen.

Det fanns inte mycket folk i banklokalen noterade Artur lättad när han kom in genom entrén. Precis när han skulle dra kortet och slå in koden för att komma ner till utrymmet med bankfacken hörde han en gäll barnaröst.

– Hej, farfar!

Artur stelnade till och vände sig om.

– Hej, Björn. Hur är det med öronen?

– Vilka öron, sa Björn förvånat.

– Dina så klart, du hade ju öroninflammation. Artur fick lägga band på sig för att inte verka irriterad.

– Det är bättre nu, sa Elna och kom emot dem. Jaså, det är bankärenden på gång, fortsatte hon. Ska du ner till bankfacket och räkna era miljoner? Eller är det lotterivinsten du ska låsa in? Selma ringde och berättade att ni vunnit femtio kronor på en trisslott.

– Nej, jag ska inte i *vårt* bankfack ... Artur kände hur hjärtat slog en dubbel mollbergare och bet sig nästan i tungan.

– Jaså, sa Elna förvånat.

– Jag menar ... Jag ska inte in i facket, bara mäta det.

– Mäta?

– Vi har ett litet bankfack och funderar på ett större, och jag är intresserad av att se hur stor skillnaden är.

Det såg inte ut som om Elna trodde honom och hade Selma varit här hade hon sagt att ”döden brann i ögonen på honom.” Ja, precis så kände han det, och så det förbannade knäet som värkte så förgrymmat att det sprängde långt upp på låret.

– Får jag komma och hjälpa farmor att plocka ägg hos hönsen? undrade Björn ivrigt.

– Jag ska fråga farmor när jag kommer hem ... Fast det är lite problem där hemma just nu.

– Problem? Elnas ögon vidgades.

– Jag vill, jag vill, sa Björn med hög röst. Artur ångrade sin tur till Simrishamn och att han aldrig kunde hålla flabben.

– Nej, Selma och jag har inga problem, men det har flyttat dit några konstiga människor och ...

– Ja, Selma berättade det, avbröt Elna. Jag kan ringa henne själv och fråga. Det hade faktiskt passat bra i morgon eftersom jag ska på ett möte på eftermiddagen.

– Säg inte att du träffat mig här i Simrishamn, viskade Artur. Han kände hur en svettdroppe jobbat sig ut under kepsen och rann längs kinden. När han såg Elnas förvånade blick tillade han snabbt: Det är en överraskning förstår du. Selma får inget veta ... ännu.

Elnas trodde honom inte, det märktes tydligt, men hon skulle säkert inget berätta för Selma.

– Jag vill plocka ägg, sa Björn bestämt och satte ögonen i Artur som vek undan med blicken.

Elna vände sig om och tittade på Artur flera gånger innan hon lämnade banken. Artur stod stilla i avvaktan på att hjärtat skulle hamna i rätt rytm igen. Han tog av kepsen och torkade sig i pannan.

När han kom ner i rummet med bankfacken var han tvungen att först sätta sig på en stol för att samla kraft. För ordningens skull öppnade han deras eget fack först och tittade håglöst mot det kända innehållet. Artur låste igen och satte sig på nytt på stolen. Han var glad över att vara ensam i lokalen. Så plockade han upp nyckelknippan från fickan och tittade på nyckeln där det stod *fack 29*. Artur letade en stund innan han fann rätt fack. Han tvekade ett par sekunder varefter han stack nyckeln i låset och vred om. När luckan öppnades nickade han belåtet. Det var alltså till ett bankfack nyckeln gick. Så flämtade han till: facket var fyllt till bredden med sedelpackar. Det var som om blodet koagulerade i hans ådror och inte orkade pumpas runt i systemet. Han lyfte försiktigt ut en sedelbunt. Det var en tjock bunt hundralappar, konstaterade han, och där fanns säkert fyrtio likadana buntar till. Han lyfte varligt ut de främsta buntarna och lade dem på bordet. Han stod som paralyserad och tittade på sedelbuntarna. Han kände sig nästan som Joakim von Anka och var säker på att han hade dollartecken i ögonen. På banderollerna på flera av sedelbuntarna stod SB, och på några andra AH.

– Arne Hernemo, mumlade han för sig själv.

– Hur sa? sa en liten dam i basker och med spatserkäpp. Artur hade inte hört henne komma.

Han harklade sig och log mot damen, som med uppspärrade ögon lät blicken följa honom när han lade tillbaka sedelbuntarna i bankfacket. Efter att ha smällt igen bankfacket stod Artur kvar och flämtade.

Damen i baskern föreföll tveksam till om hon skulle våga öppna sitt bankfack eller ej. Till slut öppnade hon en liten springa, varefter hon föste in ett kuvert och snabbt smällde igen luckan. Hon släppte inte Artur med blicken. Det märktes att hon tyckte att han var skum och att hon hade fått intutat i sig att vara försiktig. Hon såg på honom som att hon misstänkte att alla de där pengarna i bankfacket inte var intjänade på lagligt sätt. Damen rättade till sin basker och tog sedan en omväg för att slippa gå förbi Artur på vägen därifrån. Han såg att hon snodde remmen i handväskan ett extra varv runt handleden och hade spatserkäppen redo utifall att han gjorde en plötslig rörelse.

Nu kände Artur sig lika matt i kroppen som när han haft influensa 1969. Det fanns inte mycket till ledtrådar i bankfacket. Visserligen hade han hittat två initialer – om det nu var sådana förstås – men det var ju inte mycket att komma med. Banken lämnade säkert inte ut vem som ägde facket ifall han frågade. Han försökte repa mod innan han gick genom banklokalen på vägen ut. Tänk om damen hade berättat vad hon sett. Kanske stod bankdirektören där och väntade på honom.” Du är dum så det ryker ur öronen på dig”, hade en klasskamrat sagt till honom då de var små. Nu var det nästan så han märkte röken.

Men lokalen var lugn och ödslig, och Artur andades ut. Den här nervspänningen var inte bra för honom. Artur snuddade vid tanken på att köra ner till badhytterna och trampa ner nyckeln i sanden där han funnit den och sedan glömma alltsammans. Nej, inte heller det var en bra idé. Han kände sig ynklig när han körde hem och svor när han åkte förbi raden av bilar som stod parkerade utanför Hernemos hus. Så såg han att Hernemo stod och grejade med något vid sin grind. Artur bromsade och vevade ner bilfönstret. Hur skulle han säga för att inte röra till det? Så tog han sats, tittade Hernemo rakt i ögonen och sa:

– Har du tappat dina nycklar?

Hernemo studsade till och kände efter i byxfickan.

– Vad då för nycklar?

– Det vet du väl bäst själv. Det gäller att hålla ordning på sina pinaler. Nu hade Artur blåst upp sig och kände att han fått övertaget.

Hernemo letade i sin andra ficka och Artur tyckte att han fått något jagat i blicken. Artur tolkade det som att karlen hade något att dölja. Så lyfte Hernemo lättad upp en liten nyckelknippa från fickan. Han viftade med den samtidigt som han gav Artur en syrlig blick.

– Var det något mer? Och varför tror du att jag tappat mina nycklar?

– Det var banderollen i bankfacket, svarade Artur.

– Bankfacket? Vems bankfack, och vad pratar du om?

När Artur förstod att han i sin iver hade talat bredvid mun igen kändes det som om hans hjärna kramades samman.

– Förstår du inte skoj? sa Artur snabbt för att rädda situationen.

– Du har inte verkat så värst skämtsam tidigare och jag tror inte på att du skojade, det är något annat du vill antyda, inte sant?

– Du har mycket själv att dölja, men om detta ber jag att få återkomma. Nu kände Artur osäkerheten krama hans strupe.

– Jag ska be för dig i kväll, sa Hernemo, nästan medlidsamt. Jag ska be vår Herre lägga sin hand på ditt förvirrade huvud.

Nu blev Artur rädd. Både över vad Hernemo sa och över sina egna ord som alltför snabbt runnit över hans läppar. Han vevade upp bilfönstret så snabbt att mösskärmen nästan höll på att klämmas fast i rutan. Det krasade i gruset när Artur körde därifrån.

Selma satt vid köksbordet och bläddrade i tidningen när han kom in. Artur stannade upp.

– Har här varit någon?

– Hurså?

– Här luktar något, sa Artur och drog in luft så att näsborrarna vidgades som på en ilsken tjur. Han gick bort till Selma och luktade. Det är du som luktar, fortsatte han.

– Jag? Selma blev överrumplad. Hon hade inte tänkt berätta för Artur om rosenterapin. Jag är så torr om händerna så jag smorde in dom med kräm, förklarade hon.

Konstigt, Artur kände igen lukten men han tänkte inte forska i det. Han hade nog med problem. Elna skulle ringa i kväll. Tänk om hon berättade att de träffats på banken. Han funderade en sekund på att dra ur sladdarna till telefonerna, men tyckte sedan att det var riskfyllt om han skulle bli hastigt sjuk och Selma behövde ringa efter ambulans. Han gick som på nålar ända tills de satte sig vid teven på kvällen. Då ringde telefonen.

– Jacobsson, svarade Selma. Hej Elna! Det går väl bra. Hon tittade på Artur men bestämde sig för att inte ställa frågan till honom. Ska vi hämta honom? Jaså, det var ju bra. Halv tre, det går utmärkt ... Jaså, säger du det. Det är mer än vad jag visste ... Det var värst.

Artur höll andan och följde spänt samtalet.

– Hälsa Klas, avslutade Selma och lade på telefonluren. Björn kommer hit i morgon, sa hon.

– Ja, han ville hjälpa till med att plocka ägg i hönshuset.

– Har du talat med dom?

– Nej, nej, svarade Artur häftigt, men han brukar tycka det är trevligt.

– Jag tycker att du mest pratar strunt nu för tiden, sa Selma anklagande.

– Säger du det, Selma, svarade han ynkligt.

Nu har jag allt satt myror i huvudet på både Selma och Hernemo, tänkte han. Det riktigt klämde i hjärnan på Artur och han blev orolig. Han hade hört om folk som fick både hjärnblödning, proppar och annat bråte när de rörde till det för sig. Han lyfte ängsligt handen mot hjässan men log när han kände att han glömt ta av sig kepsen. När han lagt kepsen på bordet försvann trycket från Arturs skalle och han fick ett milt uttryck i ansiktet.

Senare på kvällen väntade Artur ut Selma för att slippa lyfta bort sängöverkastet och den där förbannade zigenardockan. Flytta ner den, och flytta upp den – till ingen nytta. När han hörde Selmas säng knarra gick han in i badrummet och borstade tänderna. Sedan låg Selma och läste medan Artur klarvaken sysselsatte sig med att räkna knopparna på sänggaveln.

– Bäst att släcka. Vi behöver krafterna när vi ska vara barnvakt i morgon. Selma lade ifrån sig boken och släckte lampan.

– God natt, Gullros, sa Artur vänligt men med spänd röst.

Selma tände sänglampan och riktade den mot Arturs ansikte. Hon stirrade honom i ögonen.

– Varför sa du ”Gullros”? undrade hon misstänksamt.

– Det gör jag väl ibland ...

– Men inte bara så ... Det är mest när det är något särskilt.

Artur visste inte vad han skulle svara. Det var som självaste fan var lös. Allt han hasplade ur sig blev tokigt. Han hörde hur Selma vred och vände sig i sängen. Själv låg han som på lit de parade. Ja, alldeles stilla låg han för att inte riskera fortsatt diskussion eftersom han visste att han bara skulle röra till det. Han hade glömt att fråga Selma vad det var Elna berättat som Selma sagt att hon inte kände till. Men eftersom hon inte sagt något till honom trodde han att Elna inget berättat.

Efter ett par timmars orolig sömn vaknade Artur av att Selma puffade till honom.

– Det var ju fasligt vad du flänger runt i sängen, människa, klagade Selma. Det är precis som du är orolig för något, fortsatte hon trött.

– Orolig, gruffade Artur. Det skulle väl i så fall vara för att den där lavendeldoften i lakanen ska kväva mig.

Artur tände sin sänglampa och steg upp för att rätta till underlakanet som lagt sig som en sträng mitt i sängen.

– Håller du på att renbädda sängen mitt i natten? Selma tittade förvånat på klockradion som visade 02.10.

– I morgon är det jag som går upp på vinden och plockar ner min gamla sovsäck. Där blir man där man blir.

– Så bra då, sa Selma syrligt. Då kan jag dra blixtlåset ända upp över skallen på dig om du snarkar för mycket.

Artur låg vaken ytterligare en stund. När han hörde att Selma hade somnat böjde han sig över henne och luktade. Inte var det handkräm hon luktade inte. Det var precis som om hela hennes kropp var insmord med något. Doften riktigt trängde undan lavendeldoften, så stark var den. Plötsligt kände han igen lukten. Spenkrämen de hade haft till korna! Ja, banne mig luktade inte människan så? Han kände sig rent förvirrad och visste inte om det var av doften från Selma eller av sitt intensiva tankearbete. Oavsett vilket, någon sömn skulle det inte bli i natt, det var ett som var säkert.

Kapitel 8

Artur stod och pinkade bakom skjulet. Det var ett vårtecken lika säkert som att påskliljorna började synas som små gröna spjut i rabatterna. Dagarna snurrade allt fortare, nästan som propellrar som fått upp farten. Påskliljorna upp, trädgårdsmöblerna ut. Höstgräva, trädgårdsmöblerna in, julgranen in och julgranen ut. Sedan ett nytt varv. Det hade varit bättre att ha julgranen inne året runt och trädgårdsmöblerna ute. Sedan var det dags för påskliljorna igen – dem rådde man inte på, de kom och gick i naturens cirkel. Inte så att han ville stanna tiden, men hinna med att njuta av varje skede det ville han. Tänk om man kunde slå knut på tiden, tänkte Artur, medan han sopade rent trädgårdsmöblerna från spindelväv ute i skjulet. Han hade lovat Selma att måla dem i år och det var snart dags. Ibland kände Artur sig jagad överallt. Vart han än tittade behövdes underhåll. Han hann inte bli färdig på ena stället, förrän det var dags för nästa. Kan vi inte flytta till en lägenhet inne i stan i stället, hade Selma sagt vid några tillfällen när Artur beklagat sig över göromålen på gården. Stan! Aldrig i livet, brukade Artur fnysa. Han bävade vid blotta tanken. Inte kunde man stå och pinka bakom garagen inne i stan. Nej, dynga under stövlarna, hönsen och kattskrället kunde han inte vara utan. Varje gång Selma nämnde det där med lägenhet slutade han för ett tag att gnälla över sysslorna i rena förskräckelsen. Men jobbigt tyckte han att det var ibland. Lika stressad blev han där inne också, när Selma flådde runt som en dåre med dammtrasa och dammsugare.

När han gick in och satte sig vid köksbordet för att njuta en stund medan han läste en broschyr var det dags igen.

– Lyft på benen så jag kommer åt att dammsuga. Selma stötte dammsugarens munstycke mot Arturs ben. Han lyfte lydigt båda benen rakt ut och fortsatte obehindrat att läsa.

Selma log. Artur satt fortfarande med benen rakt ut, trots att hon dammsugit färdigt. Selma fortsatte in i sovrummet och sög omsorgsfullt under sängarna. När hon en stund senare kom ut i köket satt Artur fortfarande med benen rakt ut i luften, samtidigt som han ivrigt bläddrade i broschyren. Selma lät dammsugarmunstycket vila på golvet och stod och tittade på honom. Det var ju märkligt. Hur tusan kunde han sitta med benen rakt ut så länge? Och med sitt onda knä tillika. Hon tittade på hans ansikte, som såg avslappnat ut. Ja, märkligt var det, det var ett som var säkert.

Selma drog sig plötsligt till minnes när hon för ett par år sedan hade snubblat över Bernhard, den störste av deras tuppar. Hon hade brutit ena benet och legat där som en skrånacke medan höns och tuppar pickade runt henne. Som tur var hade Artur undrat var hon tagit vägen och gått ut i hönshuset, där han funnit henne liggande i skiten. När Selma efter flera veckor fått lägga av gipset hade hon varit stel i sitt ben. Det var då hennes läkare hade rekommenderat henne att kontakta ett gym för att träna upp benet. Selma tittade förundrat på Artur igen. Hon hade gjort en övning på gymmet där hon skulle lyfta benen utåt och hålla dem kvar. Hon hade inte mer än lyft upp dem, innan de dunsade ner på golvet igen som tunga, våta svampar. Och här satt Artur obesvärat i nästan sju minuter. Ja, du Artur Jacobsson, tänkte Selma. Du är allt komplicerad du i all din enkelhet. Jag begriper mig bara inte på dig ibland, så är det bara. Selma slog till Arturs ben med dammsugaren.

– Uppvisningen är slut. Du kan fälla ner skånkarna igen, sa Selma leende.

Artur bemödade henne inte med en blick, utan satte ner sina 44:or med en duns på korkmattan som om ingenting hänt.

Frågorna stod i kö i Arturs skalle. Vad skulle han göra med den där nyckeln? Och pengarna i bankfacket, vems var de? Och tänk om någon saknade nyckeln till bankfacket? Den gamla damen hade förhoppningsvis inte sett vilket bankfack han öppnat, men säker var han inte, och varje gång tanken slog honom att hon kanske hade berättat något för bankpersonalen fick han stickningar i hjärtat. Men lite förvirrad hade hon verkat, tröstade han sig. Smugit längs väggarna och hållit käppen i luften som en värja. Ja, senila människor hade han hört talas om. På vägföreningens möte hade han hört om två gubbar som hade stått och diskuterat en lång stund. När den ene senare skulle berätta om mötet för sin hustru, hade han sagt: ”När vi pratat en stund med varandra kom vi på att han inte var han och jag inte var jag.”

– Som det kan bli, sa Artur högt.

– Vad sa du?

– Jag sa inget.

– Du är väl frisk, Artur?

Det var de enda ord som behövdes för att Artur skulle ställa sig i givakt på köksgolvet. Han gick bort och tittade sig i den lilla spegeln och vände sedan blicken frågande mot Selma som om han ville få svar på vad hon menat.

– Du är blå under ögonen. Det ser ut som om ögonskuggan glidit ner.

Artur gned sig under ögonen och tittade ytterligare en gång i spegeln.

– I eftermiddag kommer Björn och då får du annat att tänka på än sjukdomar, Hernemos och andra tokigheter som snurrar runt i skallen på dig.

Andra tokigheter? Artur slutade andas. Visste Selma, eller vad var det för andra tokigheter hon menade? Var det rent av något som han själv hade glömt? Ibland kände han sig förvirrad, det gjorde han, men han trodde inte att han höll på att bli senil ... Blev man blå under ögonen då förresten?

– Jag tänkte att vi kunde äta middag i kväll när Björn är här, så nu tar vi bara något lätt till lunch.

– Dom där sardinerna på en grov smörgås hade varit gott, sa Artur hoppfullt.

– Räcker det för dig, så inte mig emot.

Artur hade inte kommit sig för att smaka på sardinerna tidigare. De minde honom om den där usla dagen, då allt gått åt fanders.

– Och en sån där starköl till ... dom som Klas köpte till oss i Tyskland. Plötsligt fylldes Arturs ögon av iver.

– Det skulle väl se något ut, sa Selma harmset. Vara berusad när vi ska passa barnbarnet.

– Berusad av en öl! Artur ruskade på huvudet.

– Du tål inte så mycket alkohol längre, Artur. Du såg hur det gick när vi var hos Ellen och Kjell.

Artur slog ner blicken. Ja, den kvällen ville han helst glömma. Han hade fått gå ut och kräkas i Ellen och Kjells rosenrabatt. Innan dess hade han envisats med att berätta vitsar men aldrig kommit på poängen. Selma var i den tron att det var ölen och en ynklig snaps som förorsakat fyllan. Hon visste inte att Kjell hade haft en sjuttiofemma vodka ute i svinastallet, och den hade de druckit av i stora klunkar efter att Kjell övertalat Artur att följa med ut för att se på de nya griskultingarna. Artur hade slirat i skiten där ute och fått gödsel på sina finbyxor och Selma och Ellen hade rynkat på näsorna när han kom in. Men en starköl till sardinerna ... Han fnös.

När de senare satte sig vid köksbordet vattnades det i munnen när Artur såg de läckra smörgåsarna. Selma hade brett dem och kokt ett ägg och lagt under sardinerna för att det skulle mätta mer. Hon satte ner en lättöl på bordet med en duns och spände blicken i honom. Han hällde upp och drack en stor klunk, varefter han häftigt satte glaset på bordet.

– Pågapiss, sa han och blängde mot Selma.

Men Artur njöt när han åt av smörgåsen. Trots att det var så många år sedan han senast åt sardiner, hade han ändå kunnat förnimma smaken varje gång han såg burkarna i skafferiet och verkligheten levde upp till smakminnet.

– Det var inte så dumt med sardiner, Artur, sa Selma vänligt. Riktigt gott.

– Det var ju bra, svarade han stolt, samtidigt som en bit ägg föll ut från munnen och ner på tallriken.

– STÄNG MUNNEN när du talar!

– Men jag måste väl för bövelen svara?

– Svälj först!

De fortsatte att äta under tystnad. Vårens första fluga hade letat sig in i huset och gick på upptäcktsfärd över bordet. Ja, tystnaden var så total i köket att flugans spatserande över vaxduken hördes.

På eftermiddagen kom Björn som avtalat. Elna satte in en väska med kläder i hallen, och Artur fick farhågor att han skulle stanna över natten. Då visste han vad som gällde. Då var det Selma och Björn som skulle trona i deras sängar och han själv skulle få ligga som en uteliggare med halva benen utanför i vardagsrumssoffan med en stickig mohairpläd över sig.

– Lite extrakläder om han skulle smutsa ner sig, sa Elna vänligt.

Artur gruffade och gick in i köket. Smutsa ner sig! Ja, herrejesus, tänk om ungen fick hönsskit på tröjan. Fast, pågen är rar. Han kan inte hjälpa att han är så bortklemad. Stor tvättmaskin har de som går dygnet runt och en sådan där trumla också, eller vad fan det heter, tänkte Artur.

– Hej då, Artur, sa Elna vänligt och stack in huvudet i köket.

– Hej, hej, svarade han och fick lite dåligt samvete över sina tankar. Elna var en duktig och rejäl kvinna, det fick han tillstå. Han suckade.

Björn kom inrusande i köket.

– Vill du följa med ut till hönshuset och plocka ägg, farfar?

– Jag är så drullig att jag säkert tappar alla äggen, skämtade han. Gå du med farmor. Han gick bort och rufsade Björn i håret. Han märkte själv hur konstlat och tillgjort det verkade. Så fort han skulle försöka göra något bra, blev det bara dynga av alltsammans. Ånej, förresten, så galet är det inte, tröstade han sig. När han tog ut Björn till den gamla traktorn, då strålade pågen av glädje och lyssnade noga till honom när han berättade om växelspaken och pedalerna. Vid de tillfällena berömde Selma honom, vilket gjorde honom glad. Det är bara allt det här eländet som händer just nu som gör mig så osäker. Så sträckte han på sig ... men vänta bara tills jag får klarhet i de där konstigheterna. Då ska Selma bli stolt över mig.

– Ta mössan på dig, Björn, så du inte får ont i öronen igen.

Ja, för böveln, tänkte Artur och gick bort till köksfönstret och såg när Selma och Björn försvann ner mot hönshuset. En varm våg sköljde genom Artur och han blev överrumplad över känslan. Riktigt kär är han, pågabläran, log han ... och Gullros också för den delen.

– Får jag ta ägg med mig hem? sa Björn när de satt och åt köttbullar på kvällen.

– Klart du får, så duktig som du varit att plocka ägg ... och inte ett enda har gått sönder.

– Inte ett enda, farfar.

– Det var bra det, pojk, svarade Artur vänligt och log mot barnbarnet.

– Har du berättat hemligheten för farmor ännu?

– Hemlighet? frågade Selma. Vad spännande.

Artur stoppade lugnt in en köttbulle i munnen, men när han förstod vilken hemlighet Björn syftade på, slutade han tugga.

– Vad är det för hemlighet, Artur? Selma log så brett mot honom att jacketkronorna längst in i käken glimmade.

– Jag har inga hemligheter, så vitt jag själv känner till i alla fall. Artur skrapade runt med gaffeln på tallriken för att få upp den sista såsen.

– Det du viskade till mamma på banken, sa Björn aningslöst.

– Banken ... Har ni träffats där? Selmas blick var förvånad.

– Asch, det var den där gången du skickade mig att hämta hem obligationerna.

– Obligationerna! Artur! Björn var inte född den gången.

– Var han inte? Artur bleknade. Nu är det fan ta mig kört, tänkte han. Det var först i den stunden som han riktigt insåg vidden av sitt handlande. I en liten by som ... Tommarp, milda makter vad det skulle snackas om det kom ut att han olovandes tagit sig in i någon annans bankfack. Nu gäller det att mobilisera fantasin för att komma helskinnad ifrån detta spektakel. Han reste sig häftigt och gick mot hallen. Selma satte blicken i honom och han återvände och förde in sin stol under köksbordet.

En hel timme satt han sedan ute hos hönsen. Tankar pressades mot skallbenet och de uppkomna idéerna till lösning skrinlades efter hand som de kom upp. Oron pockade också på. Skulle Selma fråga Elna när hon kom för att hämta Björn? Men så stramade han upp sig. Han hade väl inte anmälningsplikt till Selma över vad han gjorde. Det var väl inget olagligt att köra ner till sitt eget bankfack. Sedan var det ju det andra facket förstås, men det kände ju Selma inte till. Artur snuddade vid tanken att åka till banken igen och ta ett par tusenlappar ur de där travarna. Det skulle ingen märka och ingen visste att han hade nyckel till det där bankfacket. Då kunde han köpa en fin present åt Selma och sedan säga att han vunnit pengarna. Han kände sig nöjd över vad han funderat ut, men det återstod fortfarande att stå till svars i kväll, men han trodde att han skulle kunna komma runt det. När han kom ut från hönshuset kom Elna precis och skulle hämta Björn. De småpratade med varandra medan de gick mot huset. Elna var entusiastisk över den stundande våren, och hon pladdrade på så att Artur inte fick en syl i vädret. Visst gladde sig Artur också över våren. Men först stundade andra, icke lika angenäma, tider. När de smällt igen köksdörren efter sig, kände Artur det som det var dörren till ett förhörsrum som slogs igen bakom honom.

Disa satt vi köksbordet och målade naglarna i en chockrosa färg. Hon lyfte sedan händerna, blåste på naglarna och kände sig nöjd över resultatet. I morgon hade Selma lovat följa med henne på en konstutställning i Simrishamn. Hon hade träffat Selma några gånger och var benägen att ändra sin inställning till henne. Selma var allmänbildad och öppen för förändringar. Det var bara det att hon inte tagit sig samman och gjort något åt sin situation. Hon hade inte många vänner, inga likasinnade i alla fall, vad Disa förstått, men nu var det dags att hjälpa henne på traven.

Det knackade på dörren. Disa ryckte till, viftade ett par gånger med händerna och blåste på naglarna innan hon öppnade.

– God dag, sa Arne Hernemo, samtidigt som han tog ett långt kliv in i köket.

– Eftersom du redan är inne, kan jag inte be dig stiga in, sa Disa spydigt. Vad gäller det?

– Här var det morsamt, må jag säga. Hernemos blick flackade runt i köket medan han tog sig bit för bit allt längre in.

– Vad gäller det? sa Disa i en kraftfullare ton.

Hernemo närmade sig henne, och när han log slog en våg av dålig andedräkt emot henne. Redan tidigare hade hon känt en stor vämjelse inför Hernemo, men nu äcklades hon. Hon vände sig mot spisen för att lyfta bort en gryta från plattan när Hernemo sa med len röst:

– Är det inte ensamt att bo så här. Samtidigt smekte han henne på stjärten.

Disa greppade raskt en slev som låg inom räckhåll, vände sig häftigt om och klatschade till honom ordentligt på kinden. En riktig fullträff, konstaterade hon nöjt.

– Ska du inspektera fastigheten eller gäller det sexuella trakasserier, fräste Disa.

– Åja, lite närhet behöver väl alla människor, eller hur? Fast han såg tillplattad och generad ut, samtidigt som Disa tyckte det såg ut som han dräglade när han såg på henne. Så kom hon på vad Artur berättat och sa i anklagande ton:

– Herren ser dig.

Hernemo stelnade till och fick plötsligt ett allvarligt ansiktsuttryck.

– Vi ska ha ett väckelsemöte i vår trädgård nästa helg och vill passa på tillfället att bjuda in våra grannar.

– Ni har väckt oss tillräckligt med er skränande musik, och ytterligare väckelse behövs inte, jag är klarvaken, fräste Disa och motade honom mot dörren.

Han försvann slokörad ut och Disa såg att han styrde stegen upp mot Selma och Arturs gård men så plötsligt stannade han, som om han ångrade sig, och vände åter mot hemmet.

Selma hade inte sagt ett ljud om hemligheten som Björn antytt, men blickarna var inte nådiga och Artur väntade bara på urladdningen. Hon var nervös och orolig, det kunde han märka, för då länsade hon alltid skåpen på godsaker. Russin, mandel och blockchoklad – allt stoppade hon i sig. Hade de inte dessa saker i skafferiet och skåpen, så hade Artur vid ett tillfälle sett henne stoppa i sig en stor sked vaniljsocker. Innan de gick och lade sig på kvällen, såg han hur hon stod och knaprade i sig från skafferiet. Till och med okokt spagetti direkt från kartongen. Och inte vågade han kommentera det heller, för då hade han förmodligen fått en skopa ovett. Han hade snuddat vid tanken på att självmant lägga sig i soffan i teverummet, men samtidigt tyckte han det vore som att erkänna att han handlat fel.

Ja, milda makter, och allt detta var den där Hernemos fel. Han knöt nävarna i byxfickorna.

Selma gick och lade sig tidigt och utan kvällskaffe. ”God natt” hade hon visserligen sagt och orden var nog granna, men inte tonen. När han sent omsider hörde att Selmas andetag tydde på att hon somnat, fick han den där rastlösheten över sig igen. Den som han brukade ha när han var ensam hemma. Han vandrade från teverummet till köket fram och åter tills han själv började undra vad han höll på med. Han tassade försiktigt in i sovrummet för att inte väcka Selma. Han spolade inte på toaletten och efter att ha borstat tänderna kröp han försiktigt ner i sin säng. Han låg på rygg och tittade upp i mörkret. Plötsligt kände han hur en nysning var på väg. Hans mor hade alltid sagt att det var farligt att kväva nysningar, man kunde få en hjärnblödning då. Kanske var det därför som Arturs nysningar alltid varit så plötsliga och kraftfulla. Selma grälade på honom ibland och menade att han skrämde livet ur henne. Nu kände han hur nysningen liksom byggdes upp inom honom och han funderade på vilket som skulle vara värst, att få en hjärnblödning eller att väcka Selma. Han hann emellertid inte invänta sitt eget svar förrän en nysning, som måste ha registrerats som 8,1 på richterskalan, fick hela rummet att vibrera.

Kapitel 9

Inte heller nästa dag nämnde Selma något om hans hemlighet. Hon duschade och snodde runt i garderober och lådor. Hon tog ett par tag med locktången vid öronen och Artur förstod att någonting var i görningen. Hans bästa investering för familjefriden torde dock vara att hålla sig undan. Men jag måste ta mig för något, tänkte han. Jag kan inte smyga här som en tjuv längs väggarna. Han gick in i teverummet och satte sig håglöst i fåtöljen. Han hörde hur Selma rumsterade i köket. Efter ytterligare en stund ställde hon sig vid dörren.

– Jag tar bussen till stan. Äter kanske ute i dag. Blir du hungrig finns det en sardinburk kvar i skafferiet, men låt bli starkölen.

Hade hon inte blivit lite kaxig? Artur kände olust, men fråga vart hon skulle åka tänkte han då rakt inte göra. Selma såg både besviken och lite snopen ut över de uteblivna frågorna. Hon liksom stannade kvar i dörrhålet, som om hon bara väntade. Så rättade hon till mössan.

– Hej då …

– Hej, hej. Hälsa! klämde Artur till med och insåg samtidigt att det var onödigt att vara ironisk.

Selma knyckte på nacken, hängde tygkassen över armen och

försvann ut. Så fort Artur hörde att köksdörren slagit igen rusade han ut i köket och bort till köksfönstret. Han riktigt hängde sig över vasken för att få fri sikt ner mot vägen. Vart i herrans namn skulle människan? Han stelnade. Hon stannade utanför Disas hus, och plötsligt kom Disa ut, klädd i kappa och med en ryggsäck på ryggen. Han såg hur de promenerade ner mot busshållplatsen. Bara nu inte Disa sätter griller i huvudet på henne. Ja, han tyckte om Disa förstås, fast hon hade en del konstigheter för sig. Det fick hon i och för sig gärna ha, men han ville inte att hon skulle sätta griller i huvudet på Selma. Ibland gick det som en ilning genom kroppen på Artur när han träffade Disa. Han såg framför sig när hon stått där i trädgården och svängt med pattarna. Ja, inte var det några små jungfrubröst inte, nej rejäla bomber, som gubbarna sa nere i affären när de stod och kikade på herrtidningarna. Artur undrade faktiskt om hon hade fått sådant där skumgummi, eller vad det nu var, inopererat. Selma hade berättat att Disa hade en tatuering på ryggen. Men sådana där inlägg trodde han inte att hon hade. Hon hade ju inga barn så brösten var inte urdruckna, nej, riktigt granna var de.

Artur öppnade skafferiet och tittade på sardinburken. Ja, någon starköl vågade han inte ta, Selma hade koll på allting. Revisor Jacobsson kallade han henne ibland. Men en liten sup till maten kunde han unna sig efter allt som varit, det skulle hon inte märka. Han bestämde sig för att släpa ut trädgårdsmöblerna till den gamla gödselplattan och börja slipa dem. Han måste också bestämma sig för hur han skulle gå vidare med nyckeln och om han skulle forska mer i det där med Hernemos trädgård. På något sätt måste det bli ett slut på allt, så de fick lugn och ro. Selma och han hade alltid haft det så bra, skämtat och diskuterat, men nu var det plötsligt som om hela deras tillvaro var insnärjd i lögner. Selma hade minsann inte rent samvete hon heller. Den där spenoljan, eller vad fasiken det nu var, den hade hon inte berättat hur det låg till med. Handkräm! Han fnös. Dum var han inte. Nej, just det: dum var han inte. Han kom plötsligt att tänka på att han kunde ta en tur på åkern bakom Hernemos hus och kika genom häcken om det fanns någon mer ledtråd. För säkerhets skull tog han på sig stövlarna – ifall det fortfarande var lerigt. Visserligen hade vårvindarna och solen gjort att det torkat upp på fälten, men i plogfårorna fanns allt lite väta kvar.

Han lät köksdörren stå olåst och tog sig till baksidan av huset och genom ligusterhäcken ut på fältet. Här var inga problem att ta sig fram, konstaterade han, och tog stora kliv ner mot baksidan av Hernemos hus. Han fick huka sig för att inte synas vid de ställen där vegetationen var låg. När han kom fram drog han några grenar åt sidan och kikade in mot trädgården. Tomt och öde var där. Tältet och altaret stod kvar, men för övrigt fanns inget avvikande.

– Är du ute för att plocka kvistar till påskriset, kan jag informera dig om att pastorns ris borde vara välsignat bra, sa en skämtsam röst, och Artur rätade generat på sig. Han hade inte hört när Jöns Nilsson kom med traktorn. Fast hade han inte varit så rörig i skallen kunde han ha räknat ut det. Arbetet ute på fälten var i full gång och traktorerna brummade lite varstans över åkrarna.

– Inte är jag ute för att plocka kvistar. Jag letar efter kattskrället.

– Kattskrället? Den sköter sig väl själv. Den kommer väl när den kommer?

Artur hade tänkt ljuga och säga att katten var skadad, men han vågade inte snärja in sig i fler lögner. Tänk om Jöns frågade Selma hur kattskrället mådde. Nej, nu måste han vara försiktig.

– För det är väl inte fruntimmer du är ute och spanar efter, skrattade Jöns. I så fall har du kommit till fel trädgård. Då borde du gå rakt över vägen. Jag hörde brevbäraren säga både det ena och det andra om den ensamma damen som bor där.

– Jaså, svarade Artur och ville höra fortsättningen, om brevbäraren sett samma sak som han.

– Jo du, inte är hon blyg av sig inte, fortsatte Jöns. En äkta rödhätta är hon. Samma hårfärg där nere som där uppe.

Artur snubblade till och fick hålla i sig för att inte falla in i buskarna. Han svarade inte, men såg Disa framför sig i all sin prakt.

– Pilska gubbar, gruffade Artur tyst. Han kände att han ville skydda Disa på något sätt, men samtidigt skämdes han över sina egna tankar. Han märkte hur det hettade i kinderna, och de fortsatte samtalet mer allmänt, om de planerade grödorna och lite andra nyheter från byn. Jöns verkade inte ifrågasätta Arturs promenad ute på fältet. Efter samtalet lyfte han chevaleresk på den gröna kepsen från Lantmännens, hoppade in i sin traktor och försvann.

Då var det som om all kraft lämnade Artur. Tankarna på att slipa trädgårdsmöblerna trängde han undan och han beslöt sig i stället för att äta sardinerna och ta en rejäl sup. Koka ett ägg kunde han alltid göra, även om han inte var någon mästerkock. När han kom in bredde han en smörgås medan ägget kokade. Han sköljde en tomat och lade på tallriken. Visserligen tyckte han inte om de utländska tomaterna. Hårda och besvärliga var de och smakade mest ingenting, men han behövde krafter, och grönsaker visste han var nyttigt. Han tittade sig i spegeln. Han kunde inte se något av det där blå som Selma sett under hans ögon. Det gjorde honom lugn. Han dukade, öppnade sardinburken varefter han satte fram ett av de gamla spetsglasen till snapsen. Snapsflaskan hämtade han i ett skåp vid nergången till källartrappan. Så satt han där, Artur Jacobsson, och tyckte för en stund att tillvaron var ganska behaglig. Pågapisset, lät han vara ... i stället för öl slog han upp ett glas mjölk. Riktigt andäktig var han när han skruvade av korken på vodkaflaskan och slog upp en sup. Han reste sig och tittade neråt vägen för säkerhets skull. Precis när han lyfte armen och skulle hälla i sig snapsen stannade armen liksom upp, och han satte häftigt ifrån sig glaset på bordet.

– ”Det var nära ögat, sa han som sköt näsan av sig.” Artur sa det inte skämtsamt som brukligt utan med stort allvar. Han reste sig snabbt och gick bort till diskbänken, tog fram en tratt och hällde tillbaka vodkan i flaskan. Hjärtat dunkade och han blev förvånad över sin dumdristighet. Tänk om de missade bussen och Selma ringde hem och bad honom hämta dem. Det hade hänt förr och han kallsvettades när han tänkte på vad Selma skulle säga om han svarade att han inte kunde hämta dem för att han druckit snaps en vanlig tisdag, mitt på dagen. Det var med vemod han skruvade korken på flaskan och satte den i skåpet. Han var hemsökt av onda makter, det var ett som var säkert. Nej, i hönshuset borde han sitta jämt, där gjorde han minst skada.

Selma kom hem först med fembussen. Hon verkade nöjd och glad, men han höll sig avvaktande. Hon slängde en dröse påsar på kökssoffan och hängde sedan av sig kappan.

– Har du ätit, Artur? sa hon i vänlig ton.

– Jag åt sardinerna som du sa, kokade ett ägg också.

– Disa och jag åt på Börje Olssons Skafferi. Paj och sallad. Det var riktigt gott. Men nog får vi ha något i oss i kväll. Det blev lite kött över häromdagen. Jag gör pyttipanna senare.

– Det hade varit gott. Han var glad över att Selma verkade så glad. En riktig välsignelse var det.

Selma gick bort till soffan och började plocka upp ur påsarna. Riktigt ivrig var hon. Rosorna blossade på hennes kinder och Artur kände en ömhet välla upp inom sig. Han gick bort och strök henne över håret.

– Titta, sa Selma stolt. En tunika, det har jag aldrig haft. Hade inte haft någon nu heller, om det inte vore för Disa. Hon är trevlig, Artur.

– Jag har väl inte sagt annat ... eller?

– Åjo, lite konstig tycker du allt att hon är.

– Det tycker jag fortfarande, men jag kan väl tycka om henne ändå.

Selma hade inte bara köpt en tunika utan även nya långbyxor och en halvlång kjol med volanger. Artur nickade stelt och sa att han tyckte hon var fin, men lite frosseri tyckte han allt att det var. Kommer hon hem med tatuering en dag och sådana där tokiga sandaler, ja då ska jag visa henne var dörren är, tänkte han hetsigt.

– Vad är det, Artur, är det inte fint?

– Visst, men det blev så mycket på en gång.

– Det gäller att passa på när man har smakråd med sig och någon som inte sitter och somnar utanför provbåsen.

Artur log generat. Selma var så ivrig att det var rent rörande. De hade varit på konstutställning, och även om Selma tyckte konsten var märklig hade det varit en helt ny upplevelse för henne. De hade gått i affärer och på Österlens museum. Nöjd var hon, det gick inte att ta miste på. Selma berättade om de många tokigheter som Disa sagt – ja nog var grannfrun udda alltid. När det var dags för kvällskaffet satt de som vanligt vid köksbordet. De diskuterade och skrattade och lite småtetiga var de också som vanligt mot varandra.

– Ska vi ta var sin en chokladbit Artur? Här finns några kvar sen i julas.

– Spagettin, mandlarna och russinen är förstås slut, retades Artur

Selma skulle skämtsamt slå till Artur på armen när det klirrade till i bordet. Selma drog snabbt handen åt sig. Artur stirrade på hennes handled där ett brett armband glänste.

– Vad är det för bjäfs du har på armen?

– Ett magnetarmband, svarade Selma lite generat.

– Magnet? Ska det dra karlarna till sig?

– Äsch. Jag fick det av Disa. Hon sålde såna i USA. Dom botar artros, fibromyalgi, värk, stelhet, sömnsvårigheter och menstruationssmärtor. Det fungerar på djur också, flikade Selma in när hon såg Arturs tvivlande blick.

– Köp då några till hönsen också, så kanske dom värper bättre. Mot menstruationssmärtor. Har du såna? sa han retligt.

– Du borde nog köpa ett till dig själv i stället, eftersom du har så mycket konstigheter.

Där kände Artur att det fick vara slutdiskuterat. Han sög på chokladbiten och kände den lena, söta krämen från innehållet rinna ut i munnen. Samtalet med Selma var trivsamt, men han var på sin vakt. Han väntade bara på dolkstöten i ryggen när hon skulle fråga om det där besöket på banken och hemligheten som Björn nämnt.

– Kommer du ihåg Kerstin Olofsson? sa Selma plötsligt.

– Smedens tös vid grustaget menar du?

– Ja, just hon. Disa gick i skolan tillsammans med henne. Hon berättade om en gång då dom skulle ha läkarundersökning i skolan. Fröken hade sagt att dom skulle ha urinprov med sig dagen efter. ”Har ni några frågor?” hade lärarinnan avslutat med. Då hade Kerstin räckt upp handen och sagt: ”Fröken, jag är inte säker på att mor har sånt hemma.”

Artur skrockade och slog näven i bordet.

De avslutade kvällen med att titta på teve, och som vanligt kommenterade de mycket av vad de såg. Det kändes som allt började löpa i sina vanliga spår igen, och Artur snuddade vid tanken på att lämna nycklarna till polisen och strunta i allt det andra, men han kände samtidigt att det var hans plikt att försöka bringa klarhet i vissa saker.

– Hernemo var hos Disa i går, sa Selma plötsligt när de lagt sig.

Artur satte sig rakt upp i sängen.

– Hernemo? Vad tusan skulle han där?

– Bjuda in till väckelsemöte till helgen. Han hade smekt henne över baken också och varit riktigt påträngande.

– Vilket jädrans, skenheligt kräk. Varför har inte vi blivit bjudna? Artur lät förnärmad.

– Du menar väl ändå inte att du skulle vilja gå dit?

– Inte för väckelsens skull, men för att titta lite närmare i trädgården.

Artur var irriterad. När han för en gångs skull hade möjlighet till lite nattsömn så nog fanken kom något annat som störde sömnen. Han sträckte sig över Selma som redan somnat och tog magnetarmbandet som låg på hennes sängbord. Han trädde det över handleden och tömde lungorna från luft.

Blåsten utanför ökade och tog tag i ett par tomma plastkrukor som stod vid kökstrappan. De rullade över gårdsplanen i en yster lek som inte slutade förrän de hamnat i lä under den gamla traktorn.

Artur vaknade före Selma nästa morgon, och det var han glad över när han såg magnetarmbandet på sin handled. Han slet snabbt av sig det och blev lite fundersam över om det hade inverkan på sömnen också. Han mindes ingenting efter den stund han trätt armbandet över handleden. Han hade sovit hela natten och kände sig pigg och utvilad.

I dagstidningen stod det att det inte var människoblod som upptäckts vid badhytterna i Simrishamn. En upprörd man hade ringt till polisen när han läst om blodet vid badhytterna och vilken uppståndelse det förorsakat. Mannen hade berättat att när han hade promenerat där nere hade det kommit ett mopedgäng och en av pojkarna hade kört på en katt. Kattstackaren hade blivit svårt skadad och försökt släpa sig därifrån. Mannen hade avlivat katten och sedan hade han kastat den i ån. Men den försvunne mannen var fortfarande inte återfunnen och man befarade det värsta. Han var till och med namngiven och med foto och allt. Artur satte så när smörgåsen i halsen när han såg bilden. Artur visste vem Stig Bengtsson var. Kände honom gjorde han förstås inte, han var väl tio år yngre än han själv, gissade Artur. Men Stigs farföräldrar hade bott i Tommarp och han brukade vara hos dem ibland på sommarlovet. Så slog blixten ner i Artur: Stig Bengtsson. Det hade stått SB på banderollen på några av sedelbuntarna. Lite konstigt tyckte Artur förstås att det var. Upprinnelsen till det hela var det mystiska i Hernemos trädgård, men som av en tillfällighet hade han hittat nycklarna till bankfacket på stranden och sedan börjat koppla samman allt med den försvunne mannen som alltså var Stig Bengtsson. Kanske fanns det någon ledtråd till Stigs försvinnande i bankfacket, om det nu var hans vill säga. Kanske var det Hernemos fack? Det där med AH på banderollerna hade etsat sig fast i Arturs hjärna. Eller var det kanske rent av en tredje person? Nej, nu fick Artur ingen ordning på tankarna. Selma hade sagt något om att han hade rosa elefanter som spökade i hjärnan på honom. Nu var Artur nästan benägen att hålla med henne. Tankarna flaxade runt i Arturs hjärna som en skenande elefanthjord. När Selma kom ut i köket var han tungsint.

– Det är farligt att tänka så tidigt på morgonen, sa hon skämtsamt.

– Är det? frågade Artur oroligt.

– Jag lovade Disa att komma till henne i förmiddag. Hon ska visa mig hur man gör bokmärken med pärlor.

– Så intressant, ljög Artur.

– Har du något särskilt för dig nu på förmiddagen? Jag glömde lämna mina böcker på biblioteket. Lånetiden går ut i dag. Se inte så förskrämd ut, människa. Det är bara att lämna dom vid disken. Fast ... vem vet, kanske dom föreslår dig någon bok om hur man kan bota klena nerver. Ja när dom ser hur nervös och orolig du ser ut.

Artur drog i fingrarna tills det krasande ljudet skingrade hans rädsla. Samtidigt såg han en möjlighet att komma till Simrishamn igen. Det fick bära eller brista. Han skulle till bankfacket igen. Om han körde nu på förmiddagen fanns ingen risk att stöta på Elna.

– Inga bakelser och trisslotter, skämtade Selma.

– Jag kunde ju passa på att köpa några sillarumpor i fiskaffären när jag ändå är där. Det skulle allt smaka med stekt sill, det var länge sen.

– Med hallonsylt, retades Selma. Men det har du rätt i, stekt sill hade varit gott och så blir man intelligent av fisk, säger dom.

Kapitel 10

Artur njöt när han varsamt rattade bilen mot Simrishamn. De rödgula vindbollarna snurrade runt i vinden vid många infarter till konstnärers hem. Snart var det påsk och den årliga konstrundan då konstnärerna öppnade sina hem för allmänheten. Det var ett arrangemang som lockade alltfler besökare. Inte bara konstälskare utan även nyfikna som utöver konsten ville studera konstnärerna och se hur de bodde. Blev de sedan bjudna på ett glas vin och lite jordnötter var lyckan total. Artur hade aldrig förstått sig på det där spektaklet, fast hotell och restauranger fick ju en lysande helg och många av konstnärerna fick stora delar av sin årsinkomst vid de evenemangen.

Artur bestämde sig för att ta sin sedvanliga tur ner till havet. Han parkerade bilen vid småbåtshamnen och gick en tur ut på bryggorna där småbåtarna låg angjorda. En del båtägare var redan i gång med underhåll av sina båtar och utrustning inför den kommande säsongen. Han lät bilen stå kvar och gick förbi Röken, den lilla fiskrestaurangen.

– Tjenare Artur, det var inte i går.

Artur vände sig om och såg Tommy Pettersson hoppa av sin

cykel. Tommy var granne till Elna och Klas och de hade träffats där några gånger på kalas.

– Snart ett år sen, svarade Artur. Var det inte vid midsommar?

– Har du minne av den kvällen? retades Tommy.

– Har dom hittat Stig Bengtsson ännu? Det verkar lite skumt tycker jag, sa Artur.

– Nåja han är ... eller var, hur man nu ska säga det, skum själv. Håller på med hästar och bilaffärer. Han har den största BMW:n av senaste modell. I grunden är han en snäll kille, men han har lätt att lockas av dom stora pengarna. Han brukade förresten hålla till här nere vid Strandpaviljongen. Fiskade och satt och ljög tillsammans med killarna. Ögonen vidgades på Artur fast han sa inget. Tommy ledde sin cykel och Artur gick vid sidan medan de småpratade. Tommarpsån flöt lugnt vid sidan och förhoppningsfulla barn stod och fiskade på bron. När de kom fram till Strandpaviljongen hoppade Tommy upp på sin cykel.

– Hälsa Selma, sa han och försvann bort mot Tobisvik.

Artur tog av sig skor och strumpor och gick i den fuktiga sanden ner mot havskanten.

Om bara någon månad skulle sanddynerna och snäckorna fyllas av varma vindar och barnens glada skratt skulle åter ljuda. Nu låg den uppblåsta tången som svarta sorgflor längs kustremsan. De skräniga fiskmåsarna i sina vita skrudar dök i vågkammarna efter den livgivande födan. Snart skulle också turisterna invadera stan och ortsbefolkningen skulle under en period känna sig som turister i sin egen stad. Ja, de uppländska tungomålen var ibland vanligare än den österlenska dialekten på gator och torg. Men alla fick plats. Ingenstans är oändligheten så stor som när gränserna suddas ut och himmel möter hav. Havet gav Artur samma ro i kroppen som när han drog i fingrarna. Han kavlade upp byxbenen och tog ett steg ut i vattnet. Hu, vad kallt, tänkte han och drog snabbt fötterna åt sig. Han gick tillbaka upp på vägen och försökte borsta av sig sanden från fötterna innan han tog på sig skorna och strumporna. Stegen blev tyngre ju närmare bilen han kom. Skulle han våga titta i bankfacket? Kanske var det Stigs bankfack ändå? Han brukade ju hålla till vid badhytterna. Skum var han, hade Tommy sagt. Spelade på hästar. Då var jag inte helt fel på det. Det förklarade kanske en del av pengarna … men det var nog inte hela sanningen, gissade Artur.

– Ska vi bjuda in Hernemo? skämtade Disa. Fast han håller väl inte på med pärlor. Han trär väl mest kulor och gör såna där radband som man har som hjälp vid bön. Nej, en riktig rabba skulle han ha. Ett kräk som han är inte värd något annat. Skulle väl passa honom att få vila på dessa bönekuddar, men dom är fridlysta. Disa tog sig för brösten.

– Du är tokig du, Disa, skrattade Selma. Artur var besviken över att inte ha blivit inbjuden till väckelsemötet.

– Då går vi dit då, i samlad trupp.

– Vi får väl se, svarade Selma tveksamt. Hur fäster man pärlorna längst upp?

– Trä in på baksidan bara och fäst som vanligt. Vill du ha lite vin?

– Vin, är du galen! Klockan är inte mer än elva.

– Här finns inga restriktioner, vi serverar dygnet runt på denna krogen, skämtade Disa och hämtade en flaska rödvin. Rödvin är nyttigt till och med. Disa blev plötsligt allvarlig medan hon hällde upp vin till Selma.

– Jag är glad över att ha fått dig till vän, Selma. Du är så naturlig och äkta.

Selma vred sig generat och kände samtidigt glädje och stolthet inom sig. Det var länge sedan hon hade haft en riktig vän och hon kände att Disa var en sådan. Lite tokigheter behövde hon också. Hon hade redan lärt sig så mycket av henne. Elallergi trodde Selma gjorde att man knappast kunde vistas i allmänna utrymmen, men Disa hade berättat att många kunde bo kvar hemma och dessutom fortsätta att arbeta efter vissa förändringar. Det var som med andra sjukdomar, man hade bra och dåliga dagar. Fast Disa hade inga planer på att få indraget elektricitet. Hon hade sina kassettradioapparater, vedspisen och primusköket, det var vad hon behövde. Jordkällaren fungerade som kylskåp, och lite längre fram hade hon beslutat sig för att få vatten indraget så hon skulle kunna få toalett och dusch. Men det var ingen brådska. Hon hade bott i tält under usla förhållanden i Indien och hon tyckte att det lilla föräldrahemmet var ren lyx.

– Har du aldrig haft någon karl? frågade Selma försiktigt.

– Karl och karl, fnös Disa. Män har jag haft men ingen karl. Jädrans skitstövlar har dom varit allesammans.

– Allesammans, hur då?

– Du vet, det var mycket droger i dom där kretsarna. Ibland

kände jag att drogerna var viktigare för dom än vad jag var.

Selma såg nyfiken ut:

– Du har väl aldrig prövat droger?

– En gång gjorde jag det faktiskt, men det gav mig inget. Då är en rejäl vinfylla bättre. Disa höjde glaset för att skåla.

– Jo, lite ärligare är det förstås, och nyttigt sa du, men en förmiddag så här, det är för tokigt. Selma sträckte sig efter fler pärlor. Lutade sig tillbaka i stolen och njöt av sin skapelse.

– Jo förresten, *en* riktig karl har jag haft. Han fick mig att skälva som ett asplöv. Då kände jag mig som en kvinna. Det var någonting med hans händer, något magiskt. Men han var givetvis gift det kräket, hade ungar lite varstans.

Selma rodnade och tappade ett par pärlor i golvet. De satt tysta en lång stund. Samtalet kändes förtroligt och de smuttade på vinet och log mot varandra då och då.

– Jag var tillsammans med en knäppskalle i Frankrike, sa Disa plötsligt. Han hade arbetat som bartender på en restaurang men han drack upp mer sprit än han sålde, så han fick sluta. Efter ett tag fick han arbete som begravningsentreprenör.

– Passade det sig? flikade Selma försiktigt in.

– Det beror på hur man ser det. Nog pratade folk alltid. Men sen sa någon att han hade sån vördnad för dom döda. Sen han likklätt den avlidna hade folk sett att han stod allvarlig en stund vid kistan och innan han stängde locket bugade han och sa något. Disa skrattade bullrigt. En dag hade någon ställt sig för att lyssna. Vet du vad han sa? fnissade Disa.

– Nej.

– Jo, han sa: ”Ska det vara något mer innan vi stänger”, och sen stängde han kistlocket. Så blev Disa plötsligt allvarlig … Du kan vara lycklig, du som har din Artur. Han är jordnära … stilig är han också … på sitt sätt, tillade hon. Säkert en ärlig människa.

Arturs andhämtning var häftig när han kom ner i bankvalvet. Där fanns en man som han hälsade artigt på. Artur satte sig på en stol och låtsades leta efter något i sin plånbok. Den andre mannen hämtade snabbt något i sitt fack, sa adjö och försvann. Artur grävde i fickorna efter nyckeln till bankfacket. Han höll på att gripas av panik när han inte hittade nyckelknippan. Men så kom han att tänka på innerfickan i jackan. Visst, det var där han lagt den. Han grävde snabbt fram knippan och gick mot bankfacket. Han öppnade försiktigt. Jo, det såg ut som sist han var här. Han makade några sedelbuntar åt sidan och tittade längre in i det lilla utrymmet. Där låg några lösa lappar, som han snabbt drog till sig innan han stängde facket. På en lapp stod en adress som inte sa Artur någonting. Det var till en person boende i Sjöbo, Ola Bing, som Artur aldrig hört talas om. Men här, ett kuvert! Artur reste sig så hastigt att stolen föll. Adresserat till Stig Bengtsson på Jonebergsvägen 4 i Simrishamn. Kuvertet var tomt, konstaterade han. Artur andades ut och in på samma gång. Polis skulle jag blivit, tänkte han och sträckte på ryggen. Nu har jag ledtrådar. Förutseende nog hade han tagit med papper och penna och noterade snabbt adresserna från de lösa pappren. Han sköt sedan tillbaka dem in i facket, låste och vandrade ut med lätta steg. Han kände sig riktigt upprymd på vägen tillbaka mot Tommarp. När han kom till Järrestad ställde han sig på bromsen så att bakomvarande bil fick göra en undanmanöver. Föraren tutade och hytte med näven. Artur körde en liten bit längre fram där han kunde vända vid en liten grusväg.

– Sillarumporna! sa han högt till sig själv. Det skulle väl se något ut att komma hem utan dem. När han stannade utanför fiskaffären fick han syn på påsen till biblioteket. Han hade änglavakt i dag, det var ett som var säkert. Det var många år sedan han slutat läsa sin aftonbön men *om* han gjort det, skulle han ha tackat sin skapare för både sillen och böckerna.

Selma var hemma när han återvände. Hon sjöng och gnolade, och än en gång sände han en välsignelse till vår Herre som sett till att han fått uträttat vad han skulle.

– Sillarumporna, sa Artur när han satte påsen på diskbänken. Dom hade läckra räkbakelser också. Jag köpte nästan såna, men så tänkte jag på vad du sagt.

– Tur för dig Artur, fnissade hon.

– Vad är det med dig? Artur gick närmare henne. Du luktar *sprit,* Selma, sa han bestört.

– Gör jag, fnissade Selma.

Artur kände sig tafatt över situationen. Selma hade aldrig varit begiven på alkohol, inte ens när de var på fest ... och så nu en vanlig förmiddag. Bara inte Disa lockade henne i fördärvet!

– Disa tycker att vi kan gå tillsammans till det där väckelsemötet. Det var länge sen vi var på kalas, fnittrade Selma.

– Kalas! Artur spottade ut orden. Men klart, där blir kanske nattvard också, så du kan få dig en liten jävel till. Sen kan du kanske tala tungomål ... och låta andarna ta över din kropp.

Selma såg imponerad ut och spände ögonen i Artur.

– Var har du lärt dig detta?

– Du tror att jag bara läser lagfarterna, men mina ögon ser även annat av intresse i tidningen.

– Intresse! Selmas förvåning var inte att ta miste på. På vingliga ben gick hon bort och lade in sillen i kylskåpet. Artur tog tag i sina fingrar och skulle dra dem, men det var som om all kraft hade lämnat honom. Han tog på sig kepsen och gick mot köksdörren.

– Ta några ägg med dig in.

– Fruntimmer, muttrade Artur när han smällde igen köksdörren.

Hos hönsen fick han ro. Han satte sig på en gammal trälåda. Ro och ro, tänkte han. Hönsen kacklade förstås som fruntimmer, men han var glad över att slippa höra vad hönsen kacklade om ... och så krävde de inga svar heller.

Artur funderade på hur han skulle gå vidare beträffande Stig Bengtsson. Han var givetvis intresserad av att köra till Sjöbo och leta upp den där adressen. Självklart skulle han inte ge sig till känna utan bara få en känsla av hur han bodde. Hade han tur skulle han få fram fler ledtrådar. Det var ett riktigt utredningsarbete han hade framför sig, tänkte han stolt. Svårigheterna var hur han skulle komma hemifrån utan att Selma misstänkte något. Fast hon hade minsann ingenting att säga, komma hem och lukta sprit en vanlig dag. Han stramade upp sig och gick ut över gårdsplanen. När han kom till traktorn tvärstannade han, vände åter till hönshuset och plockade med sig några ägg.

Som vanligt somnade Artur i tevesoffan på kvällen. Det där vinet som Selma fått hos Disa hade gjort att hon känt sig lite snurrig och dåsig hela dagen. Hon slumrade till bredvid Artur i soffan. Precis när teve-hallåan påannonserade Aktuellt, gnydde Artur till och sa sluddrigt:

– Jonebergsvägen!

– Är det något från Simrishamn på teven? undrade Selma, hoppade till och satte sig rakt upp i soffan.

– Det vet jag inte, svarade Artur förvirrat.

Båda stirrade in i teven för att bara konstatera att de visade ett inslag från ett krigshärjat område.

– Du sa Jonebergsvägen, Artur.

– Jaså.

Selma gick till badrummet och gjorde sina nattförberedelser medan Artur plötsligt hade blivit klarvaken. I gränsen mellan sömn och vaket tillstånd hade han kommit att tänka på de andra nycklarna i nyckelknippan. Tre smäcklåsnycklar, om han inte mindes fel. Då går säkert någon av dem till Stig Bengtssons lägenhet på Jonebergsvägen. Kanske skulle han ta sig dit, bara kolla om nyckeln passade. Spänningen steg som tidvatten inom honom.

– Släck teven innan du somnar igen, ropade Selma.

Artur kände att det inte var någon risk att han skulle somna nu. Nu var utredningen inne i ett känsligt skede.

– Jag kommer, Gullros.

Redan på lördagseftermiddagen började en strid ström av bilar anlända till väckelsemötet. Disa och Selma hade beslutat sig för att gå dit och även om Artur var lite tveksam hade han bestämt sig för att göra dem sällskap.

– Ska jag ta slipsen med dom rosa elefanterna? frågade Artur när han duschat och höll på att klä sig.

– Jag tror då rakt inte att den passar. Selma plockade fram en av de grå begravningsslipsarna från garderoben och lade påköksstolen.

– Det var ju den jag hade på Oskars begravning.

– Spelar väl ingen roll. Vi ska väl vara i det där tältet och då har du jackan på dig.

– Det har du rätt i. Vad är ett sånt där väckelsemöte egentligen? Det enda jag vet är att Målle Lindberg hade ett sånt på Kiviks Marknad ett år. Där var visst några strippor också i samma tält. Inga grannlåter, feta kärringar från Estland.

– Det var värst vad du är välinformerad. Du var kanske där själv, sa Selma syrligt. Jag vet inte heller så mycket. Det är förmodligen såna som blivit frälsta som ska berätta om sin omvändelse och sån där helbrägdagörelse med handpåläggning.

– Det var kanske det Hernemo tränade på hos Disa.

– Lite spännande tycker jag allt att det ska bli. Men inte ett ord om vad vi såg i trädgården, Artur.

Selma tog på sig sin nya volangkjol, och sedan promenerade de ner till Disa. Selma hade å det bestämdaste sagt att hon ville att de skulle ha sällskap. Själva var de inte ens bjudna, och Disa var modigare.

Disa var färdig när de kom. Hon hade en stor brokig poncho på sig och grova kängor, och hon var på ett strålande humör.

– Kom, vänner, nu ska det bli själavård av! sa hon glatt och gick före med raska kliv.

Det hördes högljudd musik från Hernemos trädgård och raden av bilar blänkte längs vägen.

– Ska vi gå om trädgården? sa Selma nervöst.

– Klart, svarade Disa och öppnade trädgårdsgrinden.

De stod en stund som för att orientera sig. När Hernemo såg dem, kom han tveksamt emot dem. Han var klädd i en lång vit kåpa med kapuschong.

– Välkomna. Vad trevligt att ni också kunde komma, sa han i en inte alltför välkomnande ton till Selma och Artur. Tag plats i tältet. Ceremonin börjar snart.

– Vad är det här för spektakel? undrade Artur och ryckte Selma i armen.

– Sch. Selma puffade undan hans arm och följde med Disa som med beslutsamma steg klev in i tältet.

Det kändes märkligt varmt där inne. Ett fyrtiotal personer satt på långa träbänkar. Nästan alla var klädda i vita kåpor. Längst fram stod ett altare med kandelabrar. Två stora träkors stod vid var sida om altaret. Britt Hernemo syntes inte till. Disa sökte Selmas hand och de vände sig mot varandra och log. En varm våg sköljde genom Selma och hon lade sin andra hand på Arturs men han drog snabbt undan sin. Så tände Hernemo kandelabern och skruvade ner musiken. Britt Hernemo kom insmygande längs tältduken och satte sig på bänken framför dem. Hon liksom studsade till när hon såg dem och nickade stelt.

– Jesus, jag tar emot dig nu och bekänner dig som min Herre och Frälsare. Gud har uppväckt dig från de döda. Förlåt alla mina synder. Tack för att jag nu är frälst och ett Guds barn. Amen. Elof Knast har bett att få vittna. Var så god, fortsatte Hernemo och drog sig åt sidan.

– Jag trodde inte på Gud. Mitt liv var total kaos och jag hade funderingar på att ta livet av mig. En kväll var jag på en restaurang. Jag åt och drack och fick förnimmelsen att det var min sista måltid. När jag gick hem föll jag ihop på gatan och trodde det var slutet. Så kände jag en varlig hand på min axel. Det var en kvinna som hjälpte mig upp. Jag är övertygad om att hon var sänd av Gud. Hennes hand liksom fortplantade ett lugn i mig. När jag senare kom hem förstod jag att jag blivit frälst, sa Elof allvarligt.

– HALLELUJA, skrek Disa och ställde sig upp och viftade med armarna i luften.

Selma visste inte vart hon skulle ta vägen. Människorna vände sig om och tittade klentroget på Disa, som bara viftade vidare och himlade med ögonen. Mannen som vittnat var om möjligt ännu blekare än då han börjat.

– Han var väl bara full, sa Artur vänd mot Selma.

Selma låtsades inte höra utan satt tyst och en aning nersjunken. Hernemo satte stereon på full volym. Tydligen var det en sång som många kunde eftersom de flesta sjöng med. Selma tyckte sången var vacker men kunde inte riktigt koppla av. Hon oroade sig för att Disa skulle göra fler utspel. Hernemo gjorde ett tecken med handen och flera personer började tungomålstala. Det var obegripliga haranger som växlade i styrka. Plötsligt ställde sig Disa upp och upphöjde sin röst till maximal nivå, samtidigt som det kom ett obegripligt ordflöde över hennes läppar. De församlade tittade förskräckt mot henne. Britt Hernemo hukade sig i bänken och maken stod som förstenad där framme. Ja, hade man inte träffat honom tidigare kunde man tro att det var en stenstod som stod där. Selma försökte dra Disa i ponchon, och Arturs ögon lyste som två stirrande lanternor i det fallande mörkret. Disa låtsades som ingenting, banade sig väg fram till Hernemo och höll sin hand över hans huvud som om hon välsignade honom. Samtidigt utstötte hon högljudda obegripliga meningar vänd mot den förskräckta församlingen. Hernemo vände generat Disa ryggen och gick framåt i tältet.

– Följ i Herrens spår, sa Hernemo och ställde sig nära tältöppningen. Församlingen reste sig och anslöt, varefter de följde Hernemo i en lång rad ut genom tältet. De vitklädda personerna gick med lätt böjda knän och med ansiktena vända mot himlen. När den sista personen försvann ut anslöt sig Disa. Selma försökte hindra henne, men Disa knäade efter sällskapet i sin färggranna poncho.

– Nu får det banne mig vara nog, sa Artur häftigt. Nu går jag hem.

– Vi kan inte gå ifrån Disa, förstår du väl. Selma började fnissa hysteriskt.

– Du menar väl inte att vi ska följa efter det där löjliga följet? Tur att mor och far inte lever. Artur reste sig och gick ut i trädgården. Han gick bort till stället där Hernemo grävt. Där syntes inget utöver den nygrävda fyrkanten. När Artur tittade ut över fältet bakom Hernemos hus såg han hela raden av människor skrida fram i något slags luciatåg. De banade sig väg genom buskarna för att åter komma in i trädgården.

– Precis så såg det säkert ut den kväll när vi gick där som några idioter i leran, sa Selma nervöst.

Artur svarade inte men såg ytterst frustrerad ut. Disa kom fram till dem.

– Vad säger ni? Giv mig styrka! Fast lite kul var det. Nu får vi ha vin. Följer ni med mig hem?

– Inte i kväll, sa Selma. Vi tar det en annan kväll.

– Som ni vill. Glöm inte att du lovat följa med till Simrishamn i morgon och hämta byxorna som jag fått upplagda.

Selma tittade lite urskuldande på Artur men han bara log och nickade vänligt.

– Gör ni så.

När de kom hem satte de sig vid köksbordet. De pratade igenom vad de hört och sett. Båda var helt eniga om att det verkade märkligt. Trots att Selma hade svårt för att hålla sig för skratt fick hon hålla med om att Disa uppfört sig lite märkligt. Men hon är som hon är, konstaterade Selma.

– Har du någon vittnesbörd, Artur Jacobsson, sa Selma plötsligt och såg allvarlig ut.

– Vittnesbörd?

– Jag funderar på om det är något du vill vittna om med anledning av dom där adresserna som jag fann i din jackficka. Jag har medvetet väntat i hopp om att du själv skulle berätta något. Dra inte i dina fingrar bara, det säger jag dig, utan säg som det är.

– Jaså, adresserna, skrattade Artur stelt.

– Just dom, ja. Det är kanske dom som är hemligheten som Björn talade om?

– Äsch.

Artur försökte liksom dra på svaret av den anledningen att han inte hade något svar. Han var dock evigt tacksam över att han lagt bankfacksnyckeln i byxfickan.

– Nå, jag väntar.

När Selma gav honom den blicken kände han sig som en liten skolpojke som fick bannor.

– Jo . . . det var två som satt upp lappar i fiskaffären. Dom ville sälja begagnade däck.

Selma hämtade lappen från köksskåpet.

– Båda två? Konstigt att det inte står några telefonnummer då. Den ene bor i Sjöbo. Vi kan ju åka dit gemensamt så kan jag passa på att gå till faster Iris gravplats och sätta lite blommor, det var länge sen.

– Jag glömde nog telefonnumren i brådskan.

– Du brukar väl aldrig ha någon brådska. Vill man sälja däck sätter man väl ut både adress och telefonnummer. Den ene heter Ola Bing, det ser jag tydligt, men den andre har bara skrivit SB och en adress. Tänk vad lika deras handstil är – och lik din, Artur. Det är nästan så man kan tro att det är du som skrivit det. Men en sak säger jag dig. I morgon till frukosten vill jag ha ett svar på både detta – Selma viftade med lappen – och den där hemligheten. Ta tid på dig att fundera, men inga lögner. ”En lögn springer fort, men sanningen hinner alltid ifatt den.” Tänk på det, Artur. Selma reste sig häftigt och gick in och slog på teven.

”Halleluja”, tänkte Artur och var så spänd och nervös att han gav till ett hysteriskt skratt. Ja, Gud sig förbarme. Han sjönk ihop vid köksbordet.

Ljudet ekade fortfarande från Hernemos trädgård, men det enda som hördes i Arturs öron var Selmas förebråelser.

Kapitel 11

Artur hade tänkt hela natten. Mycket nattsömn hade det inte blivit. Fram på småtimmarna när det ljusnade och modet börjat komma åter hade han bestämt sig. Han skulle inte berätta något. Selma fick säga vad hon ville. Framhärdade hon skulle han ta upp det där från 1958, när hon sagt till honom att hon skulle komma ner till dungen på kvällen klockan sju. Inte kom hon inte. Han hade stått där som en annan fåne och väntat. Magen hade börjat konstra som alltid när han blev nervös. Till slut hade han nödgats dra ner byxorna och bränna av hela tarminnehållet. Inte nog med det: han hade kvidande upptäckt att han satt sig bland nässlorna och inte kunnat sitta på ändan under flera dagar. Ja, det skulle hon få höra genom båda öronen i dag om hon trilskades. Det Artur gjorde var inget elakt, han ville bara skipa rättvisa. Det var en jädrans skillnad mot det som hon gjort den gången. Trots beslutet kände han sig orolig där han satt på köksstolen och väntade på att hon skulle stiga upp.

När det gällde Selma hade man aldrig något facit. Hon var oberäknelig, det var hon. Fast samtidigt snäll och rättvis. Nu hörde han henne gå på toaletten. Han stramade upp sig och den lilla magen försvann samtidigt som bröstkorgen vidgades.

– God morgon, sa Selma.

– God morgon, Gullros. Det är riktigt varmt och skönt ute i dag. Artur kände knappast igen sin egen lena röst.

– Det blir nog snart varmt inne också skulle jag tro. Selma hämtade juicen innan hon satte sig vid bordet.

– Dom har hittat nya fall av fågelinfluensan. Artur pekade skräckslaget på dagstidningen. Tycker du vi borde nacka hönsen och tupparna?

– Vem skulle värpa ägg då … du kanske? *Nå.* Selma satte ögonen i honom.

Nu är det dags, tänkte han. Blicken flackade runt i köket men så satte han den rakt i ögonen på Selma, och han tyckte för en sekund att det såg ut som om han bragt henne ur fattning.

– Den där hemligheten och det där andra. Det blir ingenting med det.

– Blir ingenting, vad menar du?

– Vad jag säger. Det blir ingenting. Jag har tänkt hela natten.

– Inte hela natten, sa Selma, nog snarkade du emellanåt.

– Hemligheter ska man inte berätta. Tids nog får du veta, och då kommer du att bli både glad och stolt.

– Glad och stolt, fnös Selma.

Tystnaden fyllde plötsligt köket. Artur hörde hur det knakade i käkarna när han tuggade på sin smörgås. Han låtsades som det var slutdiskuterat och slog upp dagstidningen.

– Allt sen det där vi såg i Hernemos trädgård har du varit som förryckt. Du såg väl i går att där inte sker något märkligt. Jag hoppas att det inte är det som du snokar i. Det känns pinsamt Artur, hör du det?

– Jag tänker inte säga mera ... just nu i alla fall.

Plötsligt tyckte han att hon såg rent olycklig ut. Han längtade till att allt skulle bli som vanligt igen. Det var det lättaste slag han någonsin vunnit i hemmet. Han var förvånad själv. Men han hade sagt det med pondus, det var nog det. Han drog in ett så djupt andetag att magen på nytt försvann och bröstkorgen hävdes. ”Av utredningstekniska skäl kan jag inte avslöja mer just nu”, hade han tänkt avsluta med, men han var glad över att han inte gjort det. I stället reste han sig från bordet för att understyrka att det var slutdiskuterat. Blängde på honom, det gjorde hon förstås, men hon sa inte ett ljud, inte ett ljud.

– Lovade Disa att följa med till stan i dag, sa Selma vid förmiddagskaffet.

– Ja, du behöver allt komma ut och röra på dig, men inte fler volangkjolar, försökte han skämta. Under nattens vånda hade han funderat över om han skulle våga köra till Sjöbo medan Selma var i Simrishamn. Han försökte kontrollera busstiderna till Simrishamn men det var så rörigt i de där tabellerna att han struntade i det. Det tog väl inte mer än tre kvart att köra till Sjöbo, han borde hinna fram och åter.

– Jag är orolig för Artur, sa Selma till Disa när de satt på bussen.

– Orolig?

– Han har så mycket konstigheter för sig. Han har inte släppt det där med en grav i Hernemos trädgård. Det är som han har rosa elefanter på mer än slipsen. Dom sitter i skallen också på honom.

– Äsch, låt honom hållas.

– Jag hittade en lapp i hans jackficka i går. Där stod en adress och något annat konstigt. Hon nämnde inget om att hon känt igen Arturs handstil på lappen. Något skumt var det, det var hon säker på.

– En adress till en kvinna? undrade Disa och lät genast mer intresserad.

– Nej, tack och lov ... men det är något som inte stämmer.

– Du är jämt orolig, Selma. Ta inte livet så allvarligt. Det har sin gång ändå, oavsett hur mycket du oroar dig. Du kan inte göra något åt det. Följ med bara. Det har jag fått lära mig. Jag hade en väninna en gång som var orolig för allt. När hennes flicka var liten var hon så rädd att dottern skulle sätta något i halsen att hon till och med tog bort skinnet på apelsinklyftorna för hon inte skulle sätta det i halsen. Jag begriper det inte. Hade väl varit bättre att ungen fått juice i så fall. Sen blev tösen överkörd av en lastbil. Och där hade min väninna gått och oroat sig för småfjant helt i onödan.

Selma satt tyst. Hon hade varit likadan själv. När Klas var liten hade hon till och med delat de små pastillerna i Tutti Frutti-askarna för att han inte skulle sätta dem i halsen. Bara en bit åt gången fick han stoppa i munnen.

– Jag har tänkt börja på gym, sa Disa. Måste hålla mig i trim. Vill du följa med? Hade varit trevligt med sällskap. Fast klart, du är så liten och nätt i kroppen att du inte behöver gå på sånt.

Tänk vad Disa gjorde henne glad. Bara små ord ibland, men

de gick rakt in i Selmas hjärta. Nästan som sådana där korsstygnsvepor som brukar hänga i kök. ”Egen härd är guld värd” eller ”Små, små ord av kärlek, sagda varje dag”. Selma blev alltid så sentimental när hon läste på sådana. Hon funderade ofta på vem som formulerat de korta kraftfulla orden. Precis sådan var Disa, hon träffade alltid rakt i prick. Bara värmen från henne när de satt här på bussen gjorde att Selma kände sig så väl till mods.

– Jag har gått på gym, sa Selma.

– Har du, varför då?

Och så berättade Selma om när hon snubblat över Bernhard och brutit benet.

– Fast jag kände mig inte bekväm, fortsatte Selma. Jag tyckte det var mest ungdomar där i vackra träningskläder. Jag hade ett par vanliga jerseylångbyxor på mig och vattenflaska hade jag ingen. Alla gick där och tuttade på sina flaskor. Ja, nästan som om det var nappflaskor.

– Vi kan väl gå dit och boka tid när vi ändå är i stan, flikade Disa in.

Selma kände att denna vår skulle skilja sig från tidigare. Även om hon hade Klas och hans familj, var det en väninna hon saknat. Udda är vi förstås. Selma tittade på sin beige poplinkappa, sina tjocka rågummiskor och den svarta handväskan. När hon sneglade mot Disa riktigt skar det i ögonen. Disa hade en lila yllejacka och en randig, handstickad halsduk i all världens färger, snodd flera varv kring halsen, och i de tjocka, svarta kängorna hade hon satt i knallröda skoband. Det rödburriga håret verkade leva sitt eget liv, och Selma undrade ibland om hon någonsin kammade det. Trots olikheterna tyckte Selma att hon tankemässigt var lik Disa. Hon var också öppen för förändringar och utmaningar – och nyfiken, liksom Disa. Enda skillnaden var att Disa levt ut sin längtan och tagit emot utmaningar i livet. Selma hade bara tänkt dem. Men det skulle bli annorlunda, det skulle det.

Artur vågade inte klä sig innan Selma gett sig iväg. När hon gått följde han henne med blicken längs vägen. Han tittade sedan på klockan. Han visste att bussen gick 9.40, och så fort klockan passerat detta klockslag hoppade han snabbt i sina finbyxor och lade för säkerhets skull dörrnyckeln under fönsterblecket på källarfönstret. Han hoppades visserligen vid sin skapare, att Selma inte skulle komma hem först, för då skulle det bli hett om öronen. Han tog med sig block och penna och kände sig som han skulle ut på ett riktigt spaningsuppdrag. Ja, polis skulle han ha blivit ...

Han tittade nyfiket på åkrarna när han körde längs landsvägen. Det var full aktivitet på fälten. Ibland saknade han lantbruket. Inte de tidiga morgnarna med djuren förstås, men grödorna. Det var lika fascinerande varje år när den första sådden tittade upp och sedan oron över torka eller för mycket regn. ”Aldrig är lantbrukarna nöjda”, brukade folk säga, men det var en balansgång det där med vädret. Stora värden stod på spel. De häftiga hagelskurarna kunde ibland ödelägga hela skörden. Kanske var det ovissheten som var så spännande? Men, känslan när det nybärgade höet äntligen låg där, väldoftande på gällen, de stunderna saknade han. I unga år hade han och Selma till och med utövat älskog i höet. Han log. Gullros. Nog hade han känt en ilning när hon hade den där volangkjolen på sig häromkvällen. Han drog handen över hakan men greppade sedan genast ratten med båda händer när han passerade rondellen i Gärsnäs.

När han kom förbi Ingelsta Kalkon drog han in de härliga dofterna från den pågående rökningen. De hade flera gånger festat till det med ett sådant där kalkonfat när de hade gäster, och i förra veckan hade han och Selma diskuterat att beställa en liten smörgåstårta och bjuda hem Disa. Hon hade visserligen varit hos Selma på besök ett par gånger men då bara på kaffe. Nu skulle de bjuda riktigt. Öppna en av vinflaskorna de fått av Klas och Elna. Riktigt trevligt skulle det bli. Som alltid när han satt i tankar försvann ibland samhällena utan att han märkte att han kört förbi dem. Men visst måste han ha kört förbi Tomelilla, eftersom han nästan var i Sjöbo? Nu gällde det bara att hitta den där adressen. Han grävde i fickan och fick fram pappret. Först körde han runt lite planlöst, men till slut tyckte han det var bäst att stanna och fråga. Det satt ett par gubbar på en av bänkarna på torget och Sjöbo var inte större än att de säkert kände till adressen, gissade Artur.

När han på nytt satte sig i bilen hade han klottrat ner vägbeskrivningen på ett papper. Han tyckte att gubbarna tittat klentroget på honom när han nämnde adressen. Plötsligt slog oron rot i Artur. Tänk om det var ett riktigt rövarnäste han skulle till. Nåja, han skulle bara köra sakta förbi. När han svängde in på den rätta gatan konstaterade han belåtet att det var små enfamiljshus och inte som han befarat stora hyresfastigheter, för i så fall hade där inte funnits så mycket att hämta. Vad människor var dåliga på att sätta ut husnummer, grymtade Artur. Men så kom han till ett hus som inte behövde något nummer. Tomten såg ut som ett skrotupplag. Bildäck, träpallar och gamla bilar. Han flämtade, ställde sig på bromsen men glömde växla. Bilen hoppade till och stannade. Herregud, tänkte han när han tittade mot baksidan av huset. Vad var det jag trodde. Jag är på rätt spår.

Disa svepte in på gymmet. Hennes långa halsduk dängde till Selma i ansiktet så att hon fick rätta till mössan. Disa tittade sig nyfiket omkring i lokalen och gick sedan fram till disken.

– Vi vill boka träningstid, sa hon.

– Har ni tränat förr eller vill ni ha instruktör första gången?

– Det är bäst med instruktör, Disa, sa Selma lite ängsligt eftersom hon var orolig för att hon annars skulle behöva visa Disa de olika maskinerna.

– Vill ni lösa kort? sa den vänliga och vältränade tjejen. Hon visade en prislista på olika alternativ och damerna kom överens om att först testa en gång innan de löste något kort.

– Vilka maskiner! sa Disa häpet när de kommit ut. Det ska verkligen bli spännande. Ska vi köpa såna där tights och linnen? fortsatte hon.

– Du är tokig, du. Det skulle väl allt se någonting ut. Selma skämdes över vad hon sagt och rättade genast. Gör du det, Disa. Du är mer typen för sånt, men kanske jag köper några vanliga träningsbyxor längre fram, ifall det fungerar.

– Fungerar, fnös Disa. Det är väl upp till oss själva.

Typiskt Disa. Selma log. Positiv och pang på det bara. Utgår från att det ska gå. Hon önskade att hon hade lite av Disas framåtanda i sig.

– Nu måste vi gå till Thulins och ta en fika. Ett riktigt kladdigt wienerbröd så det blir riktigt många kalorier att jobba bort. Disa avvaktade inte svar utan var redan på väg upp på trappan.

Här hade Artur och Selma suttit många gånger i sina yngre dagar, men nu var det länge sedan sist. De var förstås ofta i Simrishamn och handlade, och hon kunde inte riktigt förstå att de aldrig unnade sig att gå på kondis. Det var förresten nog inte att de inte unnade sig, utan det fanns bara inte i deras tankevärld längre. Nu njöt hon av att sitta här tillsammans med Disa. Riktigt lyxigt och trevligt var det. Hon råkade titta i den stora spegeln på väggen. Hon blev lite fnissig när hon såg dem. Disas rödburriga hår, långa dingliga örhängen och hon själv i sin präktiga mössa. Men det är inte det yttre som räknas, tänkte hon, och bet en stor tugga av wienerbrödet.

Bilen stod nästan på tvären på gatan efter den häftiga inbromsningen. Artur flåsade som en nyfångad gädda, och blicken var riktad mot den nya, blänkande BMW:n som stod parkerad snett bakom huset. Jaså, det var alltså här Stig Bengtsson höll till. Var det inte olagligt att hålla sig undan när man var efterlyst av polisen? Bara det inte var så att han råkat i tråkigheter? Att den där Ola Bing, som bodde här, hade stulit bilen eller kanske rent av tagit honom till fånga? Någon tutade bakom honom och Artur startade snabbt bilen och fortsatte sedan sakta längs vägen. Han körde runt kvarteret och stannade framför huset när han kom till adressen igen. Han stannade motorn på nytt, på eget bevåg den här gången, och satt och funderade, fast det var lika rörigt i huvudet som i hans verktygslåda där hemma. Så öppnades plötsligt dörren till huset och en kraftig man i medelåldern, med en mage som säkert tagit många års ölande att bygga upp, kom ut. Det hängde en cigarett i mungipan på honom och han rev sig med sin lediga hand i skrevet, som om han behövde lägga de ädlare delarna på plats. Han öppnade dörren till BMW:n, sträckte sig in i framsätet och plockade till sig några papper. När han rätat på sig blängde han mot Artur, som snabbt böjde sig fram mot handskfacket som för att leta efter något. Innan mannen gick in i huset igen, lade han av en spottloska i den ovårdade rabatten. Artur tog fram sitt papper och skrev av bilnumret varefter han startade bilen och körde. Han körde planlöst runt i Sjöbo utan att veta varför tills han bestämt sig för att än en gång köra ner till fastigheten, i hopp om att få en skymt av Stig, innan han begav sig hem igen. Denna gång parkerade han lite längre fram, nästan förbi fastighetsgränsen. Han tänkte skriva upp bilnumret på den andra bilen som också stod där. Ja, där fanns förstås många bilar, men de flesta verkade skrotade och denna bil var den enda, utöver BMW:n, som verkade brukbar. Några buskar skymde nummerplåten och Artur gick ur bilen. Just som han börjat skriva kom den kraftige mannen plötsligt runt husknuten och fick syn på Artur igen.

– Vad är problemet? sa han barskt.

– Här är inga problem ... i alla fall inte på denna sidan staketet, dristade Artur sig till att svara.

– Är det något jag kan hjälpa herrn med? fortsatte mannen i lite mildare ton.

– Jag tror faktiskt det, men jag ska be att få återkomma.

– Glöm inte att sätta på dig kepsen innan du startar. Det ska förvirrade gubbar ha på sig när dom kör bil.

Artur kände hur andhämtningen ökade, men han vågade inte trilskas mer. Tänk om Stig fanns där inne i fastigheten och såg honom. Visserligen var det många år sedan de sågs, men risken fanns att han skulle känna igen honom. Bilen startade inte vid första försöket, och mannen i trädgården flinade elakt samtidigt som han på nytt tog tag i skrevet och liksom lyfte upp. På tredje försöket startade bilskrället och Artur hoppade fram de första metrarna längs vägen. Han rusade motorn och hann lägga in alla fyra växlarna innan han kommit till gathörnet.

På vägen hem hade Artur fler tankar i skallen än då han körde till Sjöbo. Kunde han rent av straffas för undanhållande av brottsling eller vad det kallades? Om den där mannen hade gjort – eller gjorde – Stig illa, då var Artur kanske på något sätt medskyldig också? Jädrans soröra, tänkte han. Nu fattas det bara att Selma kommit hem och undrar var jag är någonstans. Samtidigt funderade han på om han ändå inte borde berätta för Selma om vad han sett – och om nycklarna och bankfacket. Först tänkte han tala med Klas. Han arbetade ju på en bilfirma och kunde säkert få fram vem som ägde den där bilen. Han kunde säga att BMW:n stött till hans bil och sedan smitit. Lite långsökt var det kanske för bilen var både rostig och bucklig. Han hade använt den i lantbruket och kört både det ena och det andra med den, men han trodde inte att Klas skulle fundera närmare på det.

När han lämnade Sjöbo stod polisen vid Sjöbo Ora och vinkade in honom till kanten. Jaha, då hade kärringen i bankvalvet sladdrat ändå. Han hade misstänkt det men ändå slagit bort tankarna. Han var kanske rent av själv efterlyst? Artur rattade försiktigt in bilen till sidan och vevade ner fönstret samtidigt som det kändes som om en hand vred om hans strupe.

– Ni vet kanske vad det gäller? sa den barske polismannen.

– Jag misstänker det, sa Artur ynkligt.

– Körkortet ... om ni har ett sånt.

Artur grävde i innerfickan efter plånboken. När han fick syn på adressen i framsätet slet han den snabbt åt sig och stoppade ner den i byxfickan. Han räckte polismannen körkortet. Artur såg hur han länge studerade körkortet innan han fick det åter.

– Vi har alkoholkontroll också, fortsatte polismannen, och räckte Artur apparaten samtidigt som han gav instruktioner.

Artur kände det som om han inte hade någon luft att blåsa ut, men när han såg polismannens bistra min drog han in ett djupt andetag, för att sedan pressa in luften i munstycket.

– Alla värden är bra, sa polismannen när han läst av mätaren.

– Blodtrycket också? försökte Artur skämta.

Artur satt kvar som om han väntade på en fortsättning, handfängsel eller i alla fall skjuts till polisstationen. Polismannen såg irriterad ut och gestikulerade att han skulle köra därifrån. Artur var fortfarande osäker men vevade upp fönstret och körde sakta vidare. Lite längre fram körde han in på en skogsväg och pinkade. När han satt i bilen igen och kände hur lättnaden liksom fyllde honom, började han skratta. ”Alla värden är bra.” Det var det dummaste han hört. Han var nöjd med sin efterföljande fråga, riktigt nöjd till och med.

Artur tittade på klockan. Ärendet i Sjöbo hade gått snabbt. Kanske skulle han hinna köra inom Simrishamn och kolla om nyckeln passade i Stig Bengtssons dörr. Jonebergsvägen visste han var den låg och numret stod ju på det där kuvertet. Lite orolig kände han sig när han inte svängde av i Tommarp utan fortsatte mot Simrishamn. Han satt och funderade på vad han skulle säga till Selma om de stötte på varandra i stan. Men risken var minimal, konstaterade han snabbt. När han körde in på Jonebergsvägen sträckte han på huvudet för att kunna se husnumren.

– Här! konstaterade han. Det fanns en liten lucka mellan två bilar där han kunde parkera. Sedan var det förstås det där om han skulle köra in i parkeringsfickan framifrån eller om han skulle backa in. Hans nacke var stel, och han visste att han hade svårt för att backa. Han gjorde flera misslyckade försök att parkera innan han irriterad körde ner till korsningen av Wranersgatan och sedan svängde runt för att parkera på andra sidan gatan, där det inte fanns så många bilar. Bara någon jäkel inte kommer och parkerar framför och bakom så jag inte kommer ut, tänkte han. Det hade hänt dem en gång, och då hade Selma och han fått sitta i bilen och vänta tills någon av de andra körde därifrån.

Artur låste omsorgsfullt bilen, tittade sig åt alla håll för att ingen skulle se honom och slank sedan in i fastigheten. På första våningen bodde Stig inte, konstaterade Artur när han läste på dörrskyltarna. Men på andra våningen stod det klart och tydligt ”Stig Bengtsson” på en av dörrarna. Artur grävde i fickan och fick upp nycklarna. Han tvekade en sekund innan han prövade den första nyckeln bara för att konstatera att den inte passade. Likadant var det med den andra nyckeln. När han med bultande hjärta förde in den tredje nyckeln i nyckelhålet öppnades dörren mitt emot och en förvånad man tittade mot Artur.

– Är det något jag kan hjälpa till med? sa mannen och tittade allvarligt på Artur.

– Jag tror inte det, svarade Artur skärrad.

– Polisen har bytt lås, fortsatte mannen anklagande.

– Säger du det, svarade Artur så hurtfriskt han kunde. Det var som attan då får jag väl tala med poliserna. Artur hann inte konstatera huruvida den tredje nyckeln passade i låset eller ej, utan stoppade snabbt ner nyckelknippan i fickan. Han skyndade nerför trappan. När han kom ut till bilen såg han att mannen följt efter honom och tagit upp en lapp ur byxfickan och en penna ur bröstfickan. Artur misstänkte att han tänkte anteckna hans bilnummer och skyndade sig in i bilen och körde raskt därifrån.

När han körde mot Tommarp var det som om han inte orkade hålla ner gaspedalen. Tankarna snurrade runt i skallen på honom. Det var nära, tänkte han och kände att han hade haft tur som inte blivit ertappad inne i lägenheten. Så fick han syn på buss 578 framför sig. Tänk om Selma och Disa fanns med i bussen och såg honom! Han rusade motorn, drog ner kepsen över pannan, slog på blinkern och körde snabbt förbi. Det här är inte bra för hjärtat, tänkte han.

Britt Hernemo stod ute vid postlådan när han passerade. Hon såg lika ynklig ut som vanligt och försvann snabbt in i trädgården. Han körde ner och parkerade bilen i skjulet som brukligt. När han böjde sig ner vid köksfönstret upptäckte han till sin lättnad att nyckeln låg kvar. Han skyndade sig in och bytte byxor samt stoppade in sina anteckningar i fickan på finkavajen. Han kände sig trött. Trött var kanske inte rätta ordet – han kände sig slut i både kropp och själ. Värre än han känt sig efter en hel dags slit på åkrarna. Och ingen lunch hade han fått, men han lade sig ändå en stund på sängen för att vila. När han just somnat hör han hur Selma smällde igen köksdörren.

– Är sheriffen hemma?

Artur låtsades sova. Varför sa hon så? Visste hon? Den människan blev han då aldrig klok på. Ta mig fan om hon inte visste allt, ibland innan han själv visste det.

– Jaså, här ligger du och latar dig medan jag far runt och uträttar ärenden.

Hennes ton var vänlig. Sådant märkte han med en gång. Han steg upp och gick ut i köket.

– Jag ringde och skulle berätta att vi blev sena, men ingen svarade.

– Jag har varit nere i skjulet och grejat, ljög han.

– Betala för en sån där sladdertacka och så kontrollerar du aldrig om någon ringt.

– Vart skulle jag ringa i så fall? Till någon telefonautomat i stan?

– Jag ringde från Disas mobiltelefon.

– Jaså, hon har sån också, fnös han. Är där inte elektricitet i såna?

– Jag tror i så fall inte att sladden skulle räcka till Simrishamn.

Selma fick en rynka i pannan. Var där elektricitet i vanliga telefoner med sladd i väggen? Det hade hon faktiskt aldrig tänkt på. Disa hade sagt att hon bara hade mobiltelefon, vilken hon använde sällan. Mest som trygghet, hade hon sagt.

– Vi träffade Hernemo och hans fru på apoteket, sa Selma, samtidigt som hon rynkade på näsan.

– Så vad då?

– Han är vämjelig. Dom satt och väntade, och jag såg hur Arne Hernemo satt och rev på sina torra händer. Riktiga flagor rev han av. Han hade en broschyr i knäet, och skinnflagorna låg i små drivor på den uppslagna sidan, som resterna av en orm som ömsat skinn. Sen tömde han skinnflagorna på golvet. Britt satt generad vid sidan. Hon krängde ner sina händer i kappfickorna som av förtvivlan. Ja, så långt ner att hon nästan krökte rygg. De låtsades inte se Disa och mig. När dom gick bar Britt tre stora varukassar medan maken gick tomhänt bakom och nästan schasade på henne att gå fortare.

– Skitstövel! fräste Artur. Selma nickade instämmande mot honom.

– Är du hungrig, Artur, sa Selma vänligt.

Den där Disa gjorde henne gott, tänkte han nöjt.

Selma slamrade i köket och Artur tog dagstidningen och satte sig i fåtöljen för att läsa. Det hade varit så stirrigt på morgonen att han inte hunnit läsa allt.

Efter samtalet med Disa hade Selma bestämt sig för att låta

Artur hållas. ”Låt honom forska och fundera”, hade Disa sagt.” Det mår han bra av. Hjärnan behöver arbeta, så är det bara. Det andra karlarna har, jobbar för egen maskin”, hade hon fortsatt och fnissat. Selma hade förstått vad hon syftat på och hade rodnat.

När Selma hade lagt sig på kvällen läste hon i en bok av Gerda Antti. Selma tyckte om hennes böcker. De var inte så tillkonstrade med en massa människor. Ja, Selma kunde nästan se allting framför sig precis som i en film. Hon smekte bokmärket. Hon var stolt över att hon gjort det själv och Disa hade lovat visa henne hur man gjorde halsband och örhängen i samma stil. Halsband gick väl an, men det där med örhängen hade aldrig legat för Selma. Hon hade så konstiga örsnibbar, de liksom vände sig bakåt på något märkligt sätt. Men göra sig ett halsband ville hon gärna. När Artur krupit ner i sin bädd vände han sig mot Selma.

– Kan jag få värma mina kalla, räliga fötter, sa han skämtsamt.

Selma svarade inte men log och vek upp sitt täcke.

Kapitel 12

Dagen efter gick Artur ner till favoritstället bakom stallet. Där var så avslappnande att stå och blicka ut över nejden. Österlen kunde man inte se sig mätt på, oavsett årstid. Här ville han återbördas i mullan när det var så dags. Egentligen ville han bli begravd just här, men förstod så klart att det var omöjligt. Här skulle nya människor ta över när den tiden kom. Inte ville de gå och klafsa runt bland likdelar. Fast hela baksidan var redan en enda stor kyrkogård. Här hade Klas som liten begravt katter, kaniner, hamstrar och marsvin. Samma jävla ceremoni hade det varit varje gång. Han hade tvingat Selma och Artur att ta på sig mörka kläder och sedan hade de stått där som stolliga fån. En gång hade Lokalföreningen kommit för att leverera gödning. Gödselgubben bara gapade när han såg dem. De hade stått där alla tre med knäppta händer, nerböjda huvuden och sjungit en psalm. Pinsamt var bara förnamnet, tyckte Artur.

Han hade fått veta att det var det dags för penséerna i dag. Det var vårens höjdpunkt för Selma. Hon skulle cykla till handelsträdgården i Gärsnäs och köpa dem. Som vanligt skulle hon forsla hem dem i en låda på pakethållaren. Annars ville hon ha skjuts av honom när hon skulle uträtta ärenden, eftersom hon inte hade körkort, men när det var dags för penséer var det de gamla rutinerna som gällde. Hon hade lagt av vintermössan och hade en liten röd bomullsmössa på huvudet, en kort vindtygsjacka och blå långbyxor. Nog ser hon käck ut alltid, konstaterade Artur stolt, när han såg henne vingla iväg med sin cykel längs vägen. Han skyndade in och plockade fram pappret som han gömt i finkostymen. Nu skulle han ringa Klas.

Klas satt i sin stora skrivbordsstol och hade lagt upp fötterna på besöksstolen. Han lyfte telefonluren när det ringde och knep fast den mellan axeln och örat medan han fortsatte att skriva på datorn.

– Jacobsson ... Hej far! Han såg förvånad ut eftersom hans far aldrig tidigare ringt honom på arbetsplatsen. Samtidigt gick det en ilning genom kroppen. Det hade väl inte hänt mor något? Bilnummer, varför det? Tog det illa? Jaså ... Visst kan jag det. Hur är det med mor? Elna sa att ni varit på väckelsemöte. Klas fick ett bekymrat veck i pannan. Och varit hos Bloms dotter. Suttit på kuddar på golvet. Jaha, det är hon säkert, men var försiktiga. Vi tycker att det verkar konstigt ... och såna där alternativa behandlingsmetoder ska mor nog akta sig för, hon tar ju sina blodtryckstabletter ... rosentarapi. Jaså, det visste du inte, jaja. Vad var det för bilnummer du vill att jag ska kolla? Klas plitade ner numret på en lapp. Det kommer en kund, men jag ringer så fort jag kan.

Artur kramade telefonluren hårt och harklade sig.

– Jag ska ut ett tag. Jag kan ringa upp dig senare. Rösten lät ansträngd. Du vet, det är penséedags. Alla pottor och lerkrus ska fram. Ja, ja, du vet hur det är, Klas, skrattade Artur spänt. Hälsa Elna och Björn.

När Selma kom hem med penséerna hjälptes de åt att plantera. Selma var ivrig och instruerade Artur noga, så att blandningen av färgerna på blommor blev rätt i de olika krukorna.

– Visst är det härligt, Artur?

– Visst, visst ... och du är så vacker i din röda mössa. Den hade du när du var ung, Selma.

– Att du kommer ihåg den, skrattade hon. Du är stilig i din Lantmännens mössa också. Du borde få betalt, så mycket reklam som du ger dom.

Det var ett riktigt trivsamt samtal där ute i vårsolen. Fast Artur kunde inte riktigt koppla av, han måste ringa det där samtalet till Klas. Som om han omedelbart blivit bönhörd, sa Selma plötsligt:

– Jag köpte en pelargonia till Disas köksfönster. Jag måste gå ner och lämna den.

Så fort han såg Selma försvinna in genom Disas dörr, skyndade han sig in.

– Det blev en fullträff, sa Klas. Bilen tillhör Stig Bengtsson. Artur dunsade ner på den lilla pallen vid telefonen. Du vet, han som är efterlyst, fortsatte Klas med viss iver i rösten. Du såg väl bilden i tidningen? Du måste självklart ringa till polisen.

– Äsch, den lilla repan. Det var ingenting.

– Det är inte repan jag talar om. Han är efterlyst, far, och det är din plikt att kontakta polisen. Annars gör jag det.

– Nej, för böveln Klas, gör inte det. För Guds skull … Klart jag ska ringa.

Klas lät betänksam över faderns häftiga reaktion, men Artur lyckades avsluta samtalet snabbt. När Artur lagt på luren visste han inte om det var lättnad eller rädsla som gjorde att kroppen sjönk ihop. Han hade själv försatt sig i denna situation och nu var han tvungen att reda ut den. Han hade inget val. Fast innan han ringde polisen måste han berätta för Selma. Hon hade föreslagit att de skulle bjuda in Disa på kvällsmat, och därför bestämde han sig för att vänta tills dagen efter med att ringa till polisen.

Artur och Selma hade varit tillsammans i Simrishamn och handlat och nu donade Selma runt i köket. Då visste Artur att det var bäst att hålla sig undan. De hade inte så ofta gäster och Selma brukade vara frustrerad och extra stingslig vid dessa tillfällen. Trots detta, dristade sig Artur till ett lamt försök att berätta lite av det som pockade på inom honom.

– Den där hemligheten, Selma …

– Hämta grytlapparna, Artur.

– Det var inte meningen att röra till det så, Gullros.

– Vad är du nu ute efter? Selma slutade att röra i grytan och tittade uppfordrande på honom.

– Inget, bara det att …

– Sopa kökstrappan, Artur, avbröt Selma.

– Säg sen inte att jag inte försökt, i alla fall, svarade han härsket.

– Försökt, fräste Selma. Trappan är inte sopad sen i julas. Vad då försökt? En trappa antingen sopar man eller så sopar man den inte. ”Försökt i alla fall!” Jag bränner maten om du pladdrar så där.

– ... Försökt att säga sanningen, förtydligade Artur när han lämnade köket. Selma reagerade inte utan tog en bit hushållspapper och torkade bort svetten från pannan.

Selma hade bestämt att de inte skulle beställa något färdigt från Ingelsta Kalkon eftersom hon var osäker på om Disa gillade sådan mat. Hon hade hittat ett recept i en tidning som hon bestämt sig för att försöka göra. Det var en vegetarisk böngryta och Selma hade känt sig osäker i affären eftersom hon aldrig tidigare varken köpt vitlök eller kidneybönor. Ett vänligt biträde hade hjälpt henne tillrätta och nu stod hon där i köket och stirrade på de inköpta varorna. Bredvid stod två flaskor vin som Artur hämtat från skåpet vid källartrappan. De var överens om att det kändes tryggt att bjuda på vinet de hade hemma. Själva kände de inte till viner, men dessa flaskor hade de fått av Klas och Elna och de utgick från att de var goda.

När klockan var halv sex var köksbordet dukat med en rutig bomullsduk och två mässingsljusstakar med vackra ljusmanschetter och gröna ljus. Servetterna var i samma färg som ljusen och Selma tyckte det såg riktigt inbjudande ut. Artur lyfte skeptiskt på locket till böngrytan som puttrade på spisen.

– Jag tycker att det liknar gröpning, sa han, men tillade snabbt att det luktade gott.

Selma hade bakat bröd som hon läst i receptet skulle passa

bra till grytan, och hon var förväntansfull när hon hängde av sig förklädet prick fem i sex. Fem minuter senare knackade Disa på dörren.

– Stig in, sa Selma artigt, samtidigt som hon sparkade undan Arturs tofflor som stod innanför dörren.

– Jag är inte så händig som du, Selma. Det får bli en köpt present ... från Österrike. Disa sträckte fram ett paket, slarvigt inlindat i ett begagnat papper, som hon hade försökt piffa upp genom att slå en färgglad bandstump om.

För första gången i familjen Jacobssons hem skulle det bjudas på drink. Det hade Selma och Artur varit överens om. De hade plockat fram en flaska som stått länge i skåpet och vars innehåll de inte kände till. "Sprit som sprit", hade Artur sagt och Selma hade tveksamt hållit med honom. De hade tagit fram små likörglas och placerat på en glasbricka, och när Disa steg in i köket hällde Artur upp i glasen och Selma räckte brickan mot Disa. Hon tog snabbt ett glas, och så stod de där alla tre med sina små glas och log mot varandra.

– Välkommen, Disa, sa Selma vänligt och Artur nickade samtidigt som han höjde glaset.

När Disa tagit en smutt av drinken, ryste hon till och utbrast:

– Den var inte att leka med den ...

Så fyllde det första skrattet köket, men det skulle bli många fler under kvällen, det kände Selma på sig. Hon började försiktigt öppna paketet, och Disa stod förväntansfullt och väntade på att hon skulle få bort pappret.

– Den är av sten, sa Disa när Selma lyfte ut presenten.

Selma synade figuren noga, vände och vred på den. Originell var den, det fick hon medge.

– Tack, Disa, den var festlig.

– Venus från Willendorf, förtydligade Disa. Den är ungefär 24 000 år gammal.

Artur hade tänkt säga att det syntes, men så gick han närmare och såg att det inte bara var en stenbit utan en märklig kvinnofigur. Det kan bara vara Disa som ger bort något sådant, tänkte han.

– Ja, denna är förstås inte så gammal, men originalet är. Många tror att hon symboliserar fruktbarhet. Det är bara venusberg, lår, bröst och mage hela hon, informerade Disa.

– Som jag då, skrattade Selma och slog sig på magen.

Artur synade figuren noga och såg förbryllad ut.

– Hur ser hon ut fruntimret?

– Vad menar du? sa Selma.

– Hon har nästan inga armar, fortsatte han. Det ser ut som hon är handikappad på något sätt. Gravid också.

– Hon är en fertilitetssymbol. Nu hördes Disa nästan förnärmad.

– Och vilka ballar! fortsatte Artur. Såna såg kärringarna ut förr om baken när dom låg i betstyckena.

– *Artur*, förmanade Selma.

– Inte konstigt att hon har håret för hela ansiktet. Hon skäms säkert. Men trevlig är den, avslutade Artur och log ett generat, fånigt leende.

– Då tar vi väl det sista innan maten. Selma lyfte glaset.

Disa såg tveksam ut, men så svepte hon den sista skvätten och satte med ett stönande tillbaka glaset på brickan.

Mycket beröm fick Selma för maten och Disa ville ha receptet, vilket gjorde henne extra glad. Disa sa inget om vinet men Artur fick fylla på i ett, så nog gillade hon det alltid. Selma och Artur också för den delen. Men för dem var rödvin, rödvin och de märkte ingen skillnad mellan olika sorter. När Selma skulle resa sig och hämta glassen till desserten hade hon ingen styrsel i benen. Hon fick stödja sig mot diskbänken när hon öppnade frysen. Artur fortsatte att fylla på glasen och stämningen blev allt mer uppsluppen. De talade om många gamla minnen från bygden, och Artur förvånades över hur mycket Disa kände till, trots att hon varit hemifrån så länge. Selma var rosig om kinderna och log, än åt Disa, än åt Artur. Riktigt overkligt tyckte hon det kändes. Tunikan och de nya byxorna. Böngryta och rödvin. Nog har Disa förändrat mig alltid, tänkte Selma.

När de flyttade in i teverummet satte sig Disa och Selma i soffan. Selma bredde som vanligt ut mohairpläden under sig och erbjöd dessutom Disa en snibb, men hon såg bara oförstående ut. Selma tog fram ett gammalt album som hon och Disa tittade i.

Artur försvann hastigt ut på trappan. Han hann knappt komma ut och stänga dörren förrän han släppte sig. Murran jamade, tog ett högt skutt från trappan och sprang snabbt över gården och gömde sig under traktorn. Artur tittade förskräckt mot köksdörren, som av rädsla att det skulle ha hörts in.

– Det var som jag trodde, gruffade han. Såna där bönor och vitlök, det är inget för min dåliga mage. Han kände hur det på nytt tryckte på men kunde hålla emot. Han kunde inte förstå sig på sådana där viriganer, eller vad de kallades. Om alla blev viriganer skulle alla lantbruk få lägga ner. Visst var grytan god, men den bestod bara av bönor och annat krafs. Han saknade en riktig köttbit, det gjorde han.

När han kom in fanns inte damerna i teverummet. Han hörde hur de kacklade inne i sovrummet. Han stannade i köket och slog upp lite vin, som han snabbt hällde i sig. När han kom till sovrumsdörren tittade han med bestörtning in i rummet. Stod inte fruntimren och försökte vända hans säng?

– Jag tror inte den får plats där, fnissade Selma.

– Lite närmare fönstret, sa Disa och stånkade. Det klirrade i hennes armband och hon satte sängen ifrån sig. När hon fick syn på Artur tittade hon upp.

– Feng shui, sa hon.

Arturs haka hängde slapp och hon insåg att han inte förstod.

– Jag tror att sängarna står fel, fortsatte Disa.

– Fel? Så har dom alltid stått och sover som en stock gör jag. Eller hur Selma?

– Ja, din kropp är förmodligen inte mottaglig för dom där energifälten. Disa säger att sängarna ska placeras fria från jordstrålning.

– Här finns ingen strålning. Sätt tillbaka sängen, Artur höjde rösten. Han hade nästan aldrig förr höjt rösten i andra människors närvaro, men när fruntimren började flytta runt hans säng, då var han tvungen att markera.

– Disa såg lite överraskad ut över Arturs höjda röst och försökte släta över.

– Du kan få låna min bok om feng shui, Selma, så kan du läsa själv.

– Nu får jag allt sätta på kaffe, avbröt Selma och försvann ut i köket.

Det var precis som att det där med sängarna gjort att den goda stämningen för en stund försvann. Och teverummet var plötsligt inte lika trivsamt.

– Lite konjak? Jag har kvar sen i julas om damerna önskar.

– Det var länge sen jag drack sånt. Gärna, tackade Disa.

Snart var stämningen riktigt munter igen.

– Selma var duktig när jag utövade rosenterapi på henne. Vill du jag ska försöka på dig, Artur? sa Disa vänligt.

Selma såg generad ut eftersom hon inte berättat något för Artur.

– Jag tror inte det fungerar på honom, sa Selma, men det hade säkert gjort gott i hans stela nacke.

– Inte för att jag vet vad det är, men det blir inget med det, sa Artur med bestämd röst.

– Dom fem tibetanerna då? Det utövar man själv, försökte Disa

– Det är *inga* invandrare, Artur, sa Selma förebrående och satte ögonen i honom. Det är rörelser inom yoga. Hon visste hans inställning till invandrare, och hon hade nog sett hur han stelnat till när Disa sagt "tibetanerna."

Det var dags att byta samtalsämne. Selma och Disa talade om blommor och sådd av grönsaker, och Artur märkte hur tröttheten började smyga sig på. Den där konjaken skulle han aldrig druckit. Han kände hur det starka började verka inom honom. Han nickade till ett par gånger och varje gång såg han de förbannade nycklarna framför sig. Han kisade mot kvinnorna. Nog hade de också påverkats av alkoholen. De fnissade och Selma slog sig på knäna gång på gång när Disa berättade tokiga saker. Ingivelsen att berätta allt slog honom. Selma skulle inte bli så arg när Disa var med, gissade han, och i vilket fall som helst skulle Klas berätta för henne att han ringt. Det var inte som att välja mellan pest och kolera, det var som att välja mellan giljotin och strypsnara.

– Mer konjak? frågade Artur vänligt.

– Jag borde nog inte dricka mer, men det var rysligt gott, sa Disa. Men då får du göra mig sällskap, Selma.

Nog vet jag hur man ska nalkas problem, tänkte Artur stolt medan han hällde upp i damernas glas. När de skålat med varandra, sa han med hög röst:

– Det har blivit sån soröra av allting.

– Av vad då? undrade Selma.

– Jag har allt ställt till det för mig, riktigt ordentligt.

– Är det dom rosa elefanterna som spökar igen? Din fantasi är det då inget fel på? fnissade Selma.

– Jag glömde lämna nycklarna till polisen och nu är det för sent. Artur lät forcerad. Väggklockan tickade och ljuset från lampetterna ovanför teven kändes som strålkastarbelysning. Han hörde själv när han svalde och han drog i fingrarna så det knakade i alla leder, men det hjälpte inte, osäkerheten fanns kvar i honom som ett stort, mörkt hål.

– Vad då för nycklar? sa Selma nyfiket.

Och så berättade Artur om nycklarna han hade hittat. Han lade givetvis till att episoden fallit i glömska och att han sedan tyckte det var pinsamt att gå till polisen.

– Det är väl aldrig för sent, tröstade Selma.

– En liknade såna där nycklar som man har till bankfack, fortsatte Artur. Det stod ett nummer klistrat på nyckeln, och så tänkte jag att jag kunde se om nyckeln verkligen gick till ett bankfack och om där kanske fanns någon ledtråd till vems nycklar det var.

– ARTUR, har du tagit dig in i någon annans bankfack? Selma var bestört. Fattar du inte att det är straffbart? Du kunde ju bara ha lämnat in nycklarna på banken.

– Där fanns mycket pengar i facket, nästan viskade han.

– Det är väl det man har bankfack till, fräste Selma. *Fanns*, sa du! Du har väl inte tagit några pengar? Artur! Selma nästan studsade i soffan.

I den stunden var han tacksam över att han inte tagit pengar till en present åt Selma, som han först planerat. På den punkten var samvetet rent som hos en oskuld.

Disa följde intresserat och med viss munterhet samtalet, utan att blanda sig i. Hon höjde dock på ögonbrynen när resten av historien pyste ur Artur: adresserna, turen till Sjöbo och BMW:n. Tystnaden sänkte sig och de stirrade alla tre på varandra, utan att säga ett knyst. Artur förde det tomma konjaksglaset mot munnen och liksom slog det mot läpparna i hopp om att det skulle finnas några droppar kvar.

– Jag tycker det låter spännande, sa Disa plötsligt, och ett hopp väcktes i Artur. Men det grusades snabbt när Selma med hög och sprucken röst sa:

– Du gör oss till åtlöje, Artur. Hör du det? Jag skäms. Jag vågar aldrig mer visa mig ute.

– Nu får vi bena ut det hela, sa Disa lugnt.

Artur hade sjunkit så djupt ner i fåtöljen han kunde, och med uppspärrade ögon såg han sedan hur Selma tog flaskan och fyllde sitt glas till bredden.

– Att du hittade nycklarna är inte straffbart, sa Disa. Att du glömde lämna dom var kanske slarvigt, men knappast straffbart. Klart, det där med bankfacket var förstås dumt. Men jag kan förstå att du blev nyfiken när du fann ett brev till Stig Bengtsson där. Men kuvertet var tomt, sa du? Artur nickade olyckligt. Den där adressen i Sjöbo hade jag nog också blivit nyfiken på om jag funnit den tillsammans med Stig Bengtssons.

Det var som om Artur lyftes upp bit för bit ur fåtöljen. Han kände att han var tvungen att fortsätta.

– Jag tror att det är Stig Bengtsson som Hernemo har begravt i trädgården. Ja, han är ju försvunnen ...

– ARTUR, sa Selma igen med hög röst. Du har väl inte varit och grävt i Hernemos trädgård?

– Är du tokig, svarade Artur och menade vad han sa.

– Tokig. Det kom från rätt person, fnös Selma.

– Faktiskt ser jag inget större problem i det hela. Disa drog med handen genom det burriga håret. Det är ju bara att gå till polisen med nycklarna. Dom vet ju inte hur länge du har haft dom. Bankfacket behöver du inte nämna något om. Det är det ju ingen som vet. Artur sjönk längre ner i fåtöljen igen. Du kan berätta för polisen att du sett en BMW utanför en fastighet i Sjöbo som liknar Bengtssons. Det finns väl inte så många såna bilar här och det är inget konstigt att du vet hurdan bil han har.

Disa hördes som en försvarsadvokat som höll på med någon form av slutplädering i ett brottmål.

– Det här är inget att hänga läpp för, fortsatte Disa. Du kanske kan hjälpa polisen att få fast en brottsling. Jag tycker det är spännande.

Selma tittade försiktigt på henne som om hon inte trodde sina öron.

– Jag trodde att jag var allt på spåren, sa Artur sluddrigt. Att Stig Bengtsson och Hernemo haft några affärer ihop och att sen Hernemo dödat honom och begravt honom i trädgården. Jag tror fortfarande att det är så, och jag skulle vara så glad om jag löste det hela och satte dit Hernemo. Men sen kom det där med facket och pengar och adresserna, och sen var det precis som det blev röra i skallen av alltsammans. Sen kunde jag inte reda ut det längre. Ingenting stämde och det känns som det är för sent att rätta till det nu.

Tankarna på att Klas bett honom ringa till polisen och rädslan att han själv hade gjort något brottsligt malde inom Artur.

Selma slätade till sin tunika. Hon såg omtumlad och nervös ut.

– Du är häftig du, Artur, berömde Disa, och ett litet leende skymtade i Selmas mungipa.

– Men reda upp det själv, det får du göra, sa Selma nu lite mildare. Ingenting kan väl hända ... eller någon få reda på det? Hon ställde frågan vänd mot Disa.

– Äsch, vad skulle kunna hända? Ingen vet något. Du skulle kanske strunta i att gå till polisen, Artur, fortsatte Disa. Fanns det mycket pengar i facket, sa du? Och så skrattade de alla tre.

Selma dock mer återhållsamt. Tror ni Stig finns på den där adressen i Sjöbo? Kanske ska vi hjälpas åt alla tre att reda ut vad som egentligen hänt, och var pengarna kommer ifrån? Här händer inte så mycket. Vi kanske ska se till att det händer lite, avslutade Disa.

– Tok, skrattade Selma.

Disa tittade på klockan.

– Tack för i kväll, både gott och trevligt! Och det här sista, Artur, tack för det. Det förgyllde min kväll extra. När går vi och gräver i Hernemos trädgård? Så klingade kvällens sista skratt ut och Disa försvann med ostadiga steg mot sin lilla boning.

– Hur kunde du öppna det där bankfacket? Visst lät Selma arg, men inte anklagande.

– Det var det som var hemligheten, Selma. Jag mötte Elna på banken och visste inte hur jag skulle komma ifrån det. Jag var tvungen att hitta på det där att det var en hemlighet för att lugna henne.

– Då har jag en hemlighet till godo. Elna och Klas vet väl inget mer?

– Det var Klas som hjälpte mig med bilnumret, men något annat vet dom inte. Jag svär vid Gud, sa Artur dramatiskt och gjorde korstecken. Det syntes att Selma trodde honom och hon såg lättad ut. Hon gick bort till figuren de fått av Disa.

– Det var en konstig kvinna den här, sa Selma och höll upp statyetten.

– Men former har hon, skämtade Artur.

– Var ska vi göra av den?

– Ställ den bredvid ballerinan i bokhyllan, svarade Artur.

De gick tillsammans in i finrummet.

Selma försökte placera figuren, men den hade inga riktiga ben utan bara något märkligt nertill och var ostadig.

– Hon kan inte ens stå på benen! Det kan knappt jag heller, fnissade Selma, och placerade figuren med stöd av insidan av bokhyllan.

Under tystnad hjälptes de åt att plocka undan i köket. Under tystnad kröp de också ner i sina sängar. Fast först fick Artur ställa dem rätt efter damernas försök att möblera om.

– Energifält, fnös Artur, när han tryckte in sängen mot väggen på dess vanliga plats. I kväll har jag inga kalla fötter ... men, försökte han när han krupit ner i sängen.

– Stanna du på din sida. Du behöver nog tiden till att fundera över hur du ska komma ur soppan du ställt till med.

– Disa tyckte inte jag skulle gå till polisen ännu.

– Äsch, det var bara som hon sa, sa Selma trött, men Artur var faktiskt inte säker på det. När det gällde Disa var man inte säker på någonting.

– Nu kan vi spara bensin, mumlade Artur.

– Spara bensin?

– Med alla bönor och annat bråte som var i grytan kör jag på naturgas framöver. Fast gott var det, Gullros, sa han överslätande. Artur hörde hur Selma fnissade och det gick en våg av värme genom hans kropp.

I det svaga månljuset i finrummet stod den smäckra ballerinan de fått i bröllopspresent. Hon hade kort kjol i rosa och stod graciöst på tå med händerna sträckta över huvudet. Bredvid stod stenklumpen föreställande Venus från Willendorf. Det var som om hon var en symbol för de förändringar som inträtt i makarna Jacobssons liv.

Kapitel 13

Dagen efter Disas besök hos Selma och Artur drack Selma eftermiddagskaffe hos Disa. De satt i trädgården, och vårsolen värmde vid husväggen där putsen lossnat i stora flagor. Bland ogräset i de forna rabatterna försökte vårblommorna tränga sig upp. Det plingade rogivande i de långa rören i vindspelet som hängde i körsbärsträdet.

– Nog har han ställt till det alltid, sa Selma.

– Nu är du rädd igen! Du är då alltid orolig för något. Jag har funnit en ny filosofi: jag räds bara en dag i taget. Jag tror det var Karl i Snobben, som sa så. Tänk så du också, Selma. Inget är värre än att det går att rätta till. Men på måndag får Artur nog ändå åka till polisen. Jag tror att det blir bäst så.

Selma blev lättad över att Disa inte nämnde något om det hon sagt dagen innan, att de alla tre skulle forska vidare.

– Sista veckan har det varit tyst och lugnt hos Hernemos. Tältet är nerrivet och jag har sett att gardinerna är nertagna från fönstren, sa Disa ivrigt.

– Vad säger du! svarade Selma med förvåning. Ja, vi har inte heller hört musik, det konstaterade vi häromdagen, men det andra känner vi inte till. Vad tror du att det betyder?

– Inte vet jag, svarade Disa och tog av sig tröjan så att hon satt i bara ett grällt, grönt linne. Förmodligen ska dom väl flytta.

– Men dom har ju nyss flyttat hit.

Men Disa svarade inte. Hon tog tag i Selmas hår och rufsade om det.

– Du skulle klä i en sån där kort frisyr, nästan snaggad. Hon strök Selmas hår bakom öronen.

– Jag brukar permanenta mig nu på våren när jag lägger mössan, fyllde Selma i.

– Nej, nej. Riktigt kort ska du ha det och kanske någon annan ton.

– Är du tokig, Selma skrattade. Vad skulle Artur säga?

– Du underskattar Artur. Han är häftig. Vågligare än vad du är.

Selma kände sig nästan lite härsken över det som Disa sagt. Underskattat Artur hade hon aldrig gjort, men häftig och våglig, det visste hon inte precis om han var. Fast kanske ... en våg av stolthet genomströmmade henne.

– Vi ska till gymmet på måndag, gå och beställ en tid då, sa Disa entusiastiskt medan Selma föste tillbaka håret i rätt läge. Jag avundas din kropp, Selma. Liten och nätt, fortsatte Disa. Titta på dom här. Hon tog händerna om sina bröst. Vad har jag haft för nytta av dom här mjölkförpackningarna – inte ett skvatt. Selma kunde se ett vemod i Disas ögon.

– Skulle du velat haft barn? frågade Selma försiktigt.

– Det är väl klart. Det vill väl alla kvinnor. Men det krävs en karl till det. Det har jag visserligen haft men ingen jag önskade som far till ett eventuellt barn. Fast ett avtryck vill väl alla lämna efter sig. Det är kanske därför som jag är så tokig som jag är. Jag vill att människor ska minnas mig.

– Asch, som du pratar. Många kommer att minnas dig, Disa.

– Vem då? Inga syskon, inga barn. Nej du, gravstenen är väl det enda som kommer att minna om att jag funnits. Dom som ser den kommer att säga: Disa Blom, vem var hon?

– Hernemo kommer att minnas dig, skrattade Selma. Det där tungomålstalet ... Du skulle sett hans blick.

– Jag hade tänkt slita av mig kläderna också, men så tänkte jag på Artur och dig, att ni skulle bli generade.

– Artur hade gillat det, skrattade Selma.

– Tittade du i broschyren på dom där qigong-rörelserna? undrade Disa. Hon reste sig och ställde sig på gräset och visade några rörelser.

Selma njöt när hon såg på henne. Hon log när hon tänkte på den gången Artur sett Disa naken i trädgården och trott att hon viftat bort flugor. Mycket hade hänt sedan dess, och deras liv hade plötsligt fått ett annat innehåll. Hon skulle vilja säga det till Disa en dag, men Selma var inte så bra på det där med att ge komplimanger. Men var det någon som var värd det, så var det Disa. Selma höll upp handen mot solen. Disa var riktigt vacker där hon stod. Den blå himlen, fälten i bakgrunden, körsbärsträdet med det klingande vindspelet ... och så det grälla linnet och Disas rödburriga hår. Tatueringarna på armarna av fredsduvor passade märkligt bra in i helheten. Hade Selma kunnat teckna skulle hon ha förevigat denna bild av lugn och harmoni.

På kvällen stod Artur bakom skjulet och njöt. Kyrkklockorna kallade till kvällsandakt och han tittade på alla de små korsen som minde om Klas husdjur. De skulle bjuda hem Klas och hans familj en kväll, det var ett tag sedan de sågs. Det hade inte varit läge tidigare, men nu hade Artur en plan för att bli av med alla lögner och hemligheter. I morgon skulle han köra till polisen i Ystad och lämna nycklarna, sedan fick det vara nog med tokerierna. Polisen skulle få ta hand om den fortsatta utredningen. Selma hade berättat när hon kom hem från Disa att det verkade som om Hernemos var på väg bort från huset, men polisen skulle nog finna dem när det var så dags. Ingen kom undan med begravda kroppar på tomten, inte. Han skulle gärna vilja veta vem som låg i gropen förstås, men det var inte för sent ännu.

Selma stod och hängde plastpåsar på elementen när han kom in.

– Förstår inte varför du envisas med att återanvända gamla brödpåsar och andra förpackningar, sa han.

– Det är tantvarning på det. Elna skojade när hon såg det. Man börjar bli gammal, informerade hon mig, när man diskar gamla plastpåsar och hänger på elementen, men jag bryr mig inte, *faktiskt*, jag är som jag är. Hon riktigt sög på orden. Det var som när man sög på en chokladpralin och det där söta plötsligt rann ut i munnen.

Artur körde dem till busshållplatsen på måndagsmorgonen. Själv skulle han köra till polisen i Ystad och lämna nycklarna.

– Nu säger du precis som det är, Artur. Inga förfiningar och undanhållande av fakta. Sanningen, inget annat än sanningen är det som gäller.

– Ja, ja, svarade han vresigt. Selma hade babblat hela morgonen om vad han skulle säga och inte säga, och Artur tyckte att ämnet var slutdiskuterat. När han stannade vid busshållplatsen sträckte sig Selma fram och gav honom en puss på kinden.

– Lycka till. Hon tittade efter bilen ända tills den försvann vid en vägkrök.

Disa och Selma satt tysta på bussen. Plötsligt fylldes bussen av dofter från gödselspridningen på åkrarna.

– Nog märks det att vi är på landet alltid, sa Selma.

Disa började skratta och Selma undrade vad det var som var så skojigt.

– Jag hörde en historia om skitlukt, skrattade Disa. Det var en dam som hade varit i stan och köpt en fin, dyr parfym. På sätet bredvid satt en bister herre. Damen skulle lukta på parfymen och tog bort korken ur flaskan. Just då körde dom förbi en sulfitfabrik och en fruktansvärd stank fyllde bussen. Då sa mannen irriterat: ”Sätt korken på flaskan, det var en fruktansvärd odör.” De skrattade båda så högljutt att de andra passagerarna i bussen vände sig om.

När de kom till gymmet gick de först in i omklädningsrummet. Disa hade en stor sportväska med sig, medan Selma bara hade en liten tygkasse. Disa hade köpt svarta tights och bar en gammal urtvättat T-shirt till. Sitt burriga, röda hår hade hon fäst samman med en lila snodd. Selma hade sina beige jerseybyxor, som var mjuka och sköna och dessutom lätta att röra sig i. Båda hade varit och köpt sig var sitt par billiga tygskor, som de menade att de kunde använda även vid andra tillfällen.

När de kom in till receptionsdisken, stod instruktören redan där. Han presenterade sig artigt. Mannen såg ut som ett benrangel, och Disa tänkte att ser man sådan ut efter att ha tränat på gymmet, så betackar jag mig. Han gav dem papper om de olika maskinerna och redskapen och ledde dem sedan bort i lokalen.

– Han är bög, viskade Disa. Sånt ser jag med en gång.

– Sch, sa Selma förskräckt.

Instruktören visade hur man ställde in de olika maskinerna och ändrade tyngderna.

– Har ni några begränsningar? frågade han artigt.

– Hela jag är en begränsning, sa Disa och puffade till Selma.

– Jag menar kroppsliga begränsningar, förtydligade instruktören.

– Ja, det har jag det också ... Men nu kör vi.

De fick veta att uppvärmning var viktigt, och att de gärna kunde starta sina pass med att cykla på motionscyklarna.

– Cykla lärde jag mig när jag var fem, sa Disa, och nu var det hon som fick en puff av Selma.

Instruktören visade att man kunde ställa in olika motstånd på cyklarna, men Disa såg ointresserad ut och tittade i stället fascinerat mot en crosstrainer där en kraftig dam stod och stånkade i högt tempo. Den tyckte Disa såg intressant ut och frågade om instruktören kunde visa dem den. Man skulle stå på två pedaler och trampa runt samtidigt som man drog i handtagen. När de hade fått instruktioner hur den skulle användas, var Disa först med att testa maskinen.

– Trampar jag inte baklänges? frågade hon.

– Nej då, det går riktigt bra. Men använd inte bara benen; dra i handtagen också för att stärka armmusklerna.

Disa vevade runt och Selma kände sig overksam. Disa började tappa tempo och andhämtningen blev allt häftigare. Efter tre minuter hoppade hon av och var så andfådd att hon knappt kunde tala.

– Är den rätt inställd? frågade hon.

– Den står på tre och det är en liten försiktig början.

– Men hon där? Disa pekade mot den kraftiga damen en bit bort. Hon har vevat runt i minst tjugo minuter. Hon ser inte ens besvärad ut. Vill du testa, Selma?

– Jag väntar till nästa gång. Hon kände att hon inte ville ha instruktören som åskådare.

När de kom till ett redskap där de skulle lyfta tyngder fick Selma börja. Hon lyfte enligt instruktionerna och tyckte att det kändes skönt i kroppen att få sträcka på sig, men lite väl tungt var det förstås att lyfta de där tyngderna. Innan Disa skulle försöka kopplade hon på ytterligare ett par tyngder.

– Det är nog lite väl mycket, sa instruktören med ett förargligt leende.

Disa satte sig ner, torkade av händerna på tightsen och tog tag i handtagen. Därefter lyfte hon tyngderna rakt upp så det small till i ställningen. Instruktören gapade stumt mot henne.

– Konditionen är inte den bästa, men muskelstyrka har jag, sa Disa stolt och ställde sig på golvet.

Medan Selma stod och talade med instruktören prövade Disa ett annat redskap. Den bestod av två stora plattor som skulle vila mot axlarna och sedan skulle man stå på tå och liksom trycka upp plattorna. Disa ställde sig i läge. Plattorna satt för högt upp och hon tryckte på en knapp för att sänka dem. Det bara small till och plattorna for med full kraft ner på hennes axlar med stora, tunga tyngder lagom för en biffig kraftkarl. Det kändes som hela ryggraden pressades samman. Instruktören skyndade dit.

– Jag skulle visa först ... Man ska inte stå i redskapet medan man ställer in det.

– Jaha, då får jag hem och lägga upp mina långbyxor. Jag trycktes säkert ner tre centimeter, sa Disa, och Selma såg att hon för ovanlighetens skull såg riktigt skärrad ut.

– Då var allt genomgånget som kan vara aktuellt för damerna. Har ni några frågor?

– Inte något som jag kommer på just nu, sa Selma försiktigt.

Instruktören såg lättad ut när han försvann bort till receptionen. De fortsatte en stund på egen hand. Då de var på väg mot omklädningsrummet fick Selma syn på löpbandet. Det såg behändigt ut. Bandet rullade runt och så promenerade man bara som på en helt vanlig promenad, men utan frisk luft förstås. Selma ställde sig försiktigt på bandet och tryckte på startknappen. Bandet satte igång med sådan fart att hennes fötter inte hann med utan hon höll på att falla ner i ett blomsterarrangemang.

– Du hade säkert ställt in maskinen på rallyläge, skrattade Disa. Du slog dig väl inte?

När de kom till omklädningsrummet slet Disa snabbt av sig alla kläderna och stod en stund senare som Gud skapat henne.

– Jag duschar. Det gäller att passa på. Den där lilla baljan jag har där hemma duger inte mycket till, och så försvann Disa in i duschen.

När Selma hade bytt om, satte hon sig på bänken vid ena långsidan av omklädningsrummet. Bara inte Disa tyckte hon var ohygienisk som inte duschade. Men hon ville vänta tills hon kom hem. Hon hade aldrig gillat sådana där allmänna duschar och omklädningsrum. Det satt kvar sedan skoltiden. Hon log när hon hörde Disa sjunga där inne i duschen. Först lite försiktigt, men ljudstyrkan ökade efter hand. Den eskalerade och sången lät snart som riktiga arior. Två unga tjejer kom in i omklädningsrummet. De tittade mot varandra och ruskade på huvudet.

Artur körde kustvägen förbi Skillinge, Sandhammaren och Löderup. En bit upp på den där vägen ligger Backåkra, konstaterade han tyst. Backåkra ägdes tidigare av FN:s generalsekreterare Dag Hammarskjöld. Det var ju trist för honom att flygplanet skulle störta där i utlandet, men han slapp ju lida så som Artur. Han hann inte frukta, så vitt Artur förstått. Ingen fru hade han heller att stå till svars inför. Dessa vackra trakter var normalt något som han uppskattade och brukade köra sakta förbi, men nu hade han bara fokus på polishuset. När han körde förbi Ystads Sandskog konstaterade han att det var för tidigt för att badgästerna skulle ha anlänt. På somrarna var varje väg ner mot havet kantad av bilar.

I rondellen vid det gamla, nu nedlagda, regementet tutade en bakomvarande bilist på Artur. Hur han skulle köra i rondeller, det blev han då aldrig riktigt klok på. Han kände sig lättad när han hade passerat rondellen, men han visste att det fanns ytterligare en innan han var framme vid polishuset. När han parkerat satt han kvar i bilen och repeterade allt han beslutat sig för att säga. Han låste omsorgsfullt bilen och tänkte samtidigt att risken för bilstöld på polishusets parkering måste vara minimal. Han öppnade entrédörren och försvann in.

– Jag vill tala med en polisman, sa Artur och försökte verka kavat.

– Vad gäller det? frågade den blonderade damen bakom glasrutan.

– Hittegods, men det är en del annat också, tillade han snabbt som av rädsla att damen bara skulle ta hand om nycklarna.

Hon tryckte på knappen till snabbtelefonen och Artur hörde att hon talade med någon.

– Andra dörren till höger, sa hon sedan och pekade bort mot en korridor.

Artur bockade artigt och gick med försiktiga steg längs korridoren. Den andra dörren till höger stod öppen och en polisman sträckte på sig som för att visa att det var dit Artur skulle.

– Hittegods, förstod jag. Sitt ner. Karlsson heter jag, sa polisen. Vad är det för spännande ni hittat?

– Nycklar, sa Artur, tog av kepsen och presenterade sig.

– Nycklar! Polisen såg besviken ut. Han hade väl trott att det var diamanter eller annat värdefullt. Han kunde ju inte veta att nycklarna ledde till en förmögenhet, tänkte Artur.

– Var har ni hittat dom? Polisen var beredd att börja anteckna.

– Vid badhytterna i Simrishamn.

– Varför lämnar ni inte nycklarna till polisen i Simrishamn?

– Där finns ingen polisstation längre, dom lägger ner allt …

– Det var märkligt. Jag tjänstgjorde där i torsdags och då fanns den där, sa Karlsson ironiskt.

Artur gav Karlsson en klentrogen och generad blick.

– Gatuadress till dom där badhytterna?

– Där är ingen gata, bara gång- och cykelstig … Jag vet inte om det är någon särskild adress. Nycklarna är till ett bankfack, fortsatte Artur, och polismannen lade ifrån sig pennan och tittade på honom.

– Hur vet ni att dom är till ett bankfack?

– Dom ser sådana ut, svarade Artur snabbt och kände hur det flimrade för ögonen. Att han aldrig kunde hålla truten!

– Lite förvånad är jag att ni kan vara så säker på att dom tillhör ett bankfack.

– Vi har sånt där fack själva och nycklarna ser likadana ut.

– Det var ett sammanträffande, må jag säga. Det kom in en man när jag var i Simrishamn. Han berättade att han tappat bort nycklarna till sitt bankfack.

– Lever han? Artur var bestört.

– Lever?

– Jag trodde han var död.

– Vet ni vems nycklarna är då? I så fall hade ni väl inte behövt komma hit.

– Nej, nej, jag vet inte vem han är, sa Artur förskräckt och höjde rösten. Polismannen såg konfunderad ut. Men Simrishamn är litet, fortsatte Artur. Det pratas så mycket. Jag tänkte på den där mannen som är efterlyst. Jag hörde någon säga i affären att han var död och att någon tagit nycklarna till hans bankfack.

Polismannens förvåning steg.

– Mannen ni talar om lever i allra högsta välmåga. Han var brunbränd efter en semesterresa och visste inte att han var efterlyst av polisen. Resten kan ni själv läsa i tidningen i morgon. Förresten ska man inte lyssna på allt man hör ... Nu lät polisen nästan irriterad.

Artur reste sig lite omtumlad.

– Jag tyckte dom sa i receptionen att det var hittegods och *något* annat, sa polismannen.

– Nej, nej, sa Artur snabbt. Det står nog i tidningen det också. Så småningom.

Polismannen suckade.

– När hittade ni nycklarna?

Artur spratt till. Tankeverksamheten gick över i turbo. När han inte svarade, hjälpte polisen honom på traven.

– Var det i helgen?

– Nej, det var innan helgen. *Där satt den*, tänkte Artur stolt, det var banne mig ett bra svar.

– Det är inget annat ni vill berätta? Det var som om polismannen kände på sig att det var något mer.

– Inte i dag, svarade Artur. Skulle han fråga om hittelön? Nej, det var bäst att komma härifrån så snabbt som möjligt, innan han klantade till det mer. Han satte på sig kepsen, öppnade dörren och tog ett stort kliv för att bara möta mörker. Det stack i fingrarna och hjärtat. Höll han på att svimma eftersom det svartnade?

– Den andra dörren, sa polismannen roat.

Artur insåg plötsligt att han i sin förvirring tagit fel dörr och befann sig i ett pappersförråd. Generat valde han i stället dörren ut till korridoren och gick med raska steg mot utgången.

– Ha en fortsatt bra dag, sa blondinen i receptionen när han gick förbi.

– Fortsatt bra dag, fnös han och tittade mot henne med tom blick.

När Artur lämnade parkeringen svängde han åt höger för att genast konstatera att han kört åt fel håll. Han greppade hårt om ratten och kände hur vreden sjöd inom honom. Han kände sig totalt förvirrad men stramade upp sig när han kom till lasarettsrondellen. Han körde tre varv i rondellen för att liksom lokalisera sig och besluta sig för vilken väg han skulle välja för att komma ut ur eländet. Därefter fortsatte han rakt fram och vred åt vänster vid kiosken in mot stan. Små, jäkla gator, inte större eller bredare än grusvägen hemma, konstaterade han, och som folk parkerade. Alla dessa rondeller och annat fanskap till ingen nytta när han i stället hade kunnat lämna nycklarna i Simrishamn. Han prövade att köra in på två små gator för att genast konstatera att de var enkelriktade. Detta var värre än ”Tjuv och polisspelet” de brukade spela med Klas när han var liten. Där var också många återvändsgator och Artur hamnade alltid på dessa när han skulle försöka fly från polisen. Så kom han förbi Klosterkyrkan som låg upptill Gråbrödraklostret. Jag skulle kanske gå i kloster, tänkte han. Då hade jag kommit ifrån allting – men Selma kunde han då rakt inte vara utan, så det fick vara med det.

Kapitel 14

Selma och Artur pratade länge på kvällen. Selma sa att hon var stolt över honom och gav honom till och med en kram. Lättad var han förstås över att ha lämnat ifrån sig nycklarna, men också spänd och nyfiken på vad som skulle stå i tidningen dagen efter. Att det fanns en polisstation i Simrishamn skämdes han för att berätta.

Selma hade varit hos frisören, och han tyckte hon såg ut som hon fått in huvudet i en hackelsemaskin. Luggen, eller det lilla som fanns kvar, hade de satt någon rödaktig färg i, och resten var spretigt. Fast han hade sagt att hon såg käck ut. Han ville inte ha fler konflikter nu. Nattsömnen blev god och han steg upp tidigare än vanligt dagen därpå. Murran satt och väntade på den vanliga morgonrutinen med klappen längs ryggen och det slutliga nypet i svansen. Hon såg nästan förnärmad ut när Artur bara gick förbi och tog målmedvetna steg mot postlådan.

Han fick lägga band på sig för att inte veckla ut tidningen redan på vägen tillbaka, och så snart han kom in till köksbordet vek han ut tidningen. Han lutade sig fram över bordet. ”Lycklig upplösning på försvinnandet. Den försvunne Stig Bengtsson har kommit till rätta. Det var en förvånad Stig Bengtsson som mötte pressen och berättade att han inte känt till efterlysningen eftersom han befunnit sig på utlandssemester. Han avslöjade också, att anledningen till resan var att han vunnit en större summa pengar. Hur stor, ville han dock inte avslöja." Under artikeln fanns en bild av Stig Bengtsson bredvid sin BMW.

Just när Artur slog ihop tidningen kom Selma ut i köket. Han hoppade till. Det där håret skulle ta tid att vänja sig vid. Artur var lite omtumlad efter avslöjandet om Bengtssons vinst. Men han var glad över att han inte avslöjat det där med bankfacket, då hade han fått stå där med skammen över att ha lekt sheriff. Han rös till när han tänkte på besöket i banken och utfärden till Sjöbo. Av artikeln att döma hade bilen aldrig varit försvunnen utan funnits hos den där typen i Sjöbo av naturliga skäl.

– Där ser du, sa Selma när hon läst artikeln. Det finns förklaringar till allting …

– Det säger du jämt, gruffade Artur.

– Jag har oftast rätt också, eller? Du förstorar saker och ting, käre Artur.

– Det finns mycket kvar som inte är uppklarat, svarade han mörkt.

Lite snopet var det förstås att han fantiserat kring var pengarna kommit ifrån och misstänkt att Hernemo tagit livet av Bengtsson. Men med Hernemo var han inte färdig. Något skumt var det i trädgården, det var han övertygad om. Disa hade själv sett begravningen. Och vem det var som låg i graven skulle han ta reda på, om han så själv skulle dit och gräva.

Arturs panna lade sig plötsligt i djupa veck. Om man vinner

pengar, ligger de då i fina buntar i ett bankfack med hemsnickrade banderoller omkring och med handskrivna initialer?

– NEJ, svarade han med hög röst och Selma studsade till.

– Vad sa du?

– Jag sa, ”Nej”, förtydligade Artur.

– Det hörde jag väl, fnös Selma.

– Varför frågar du då?

– Man säger väl inte bara ”nej” så där rakt ut i luften.

Artur reste sig. När han tittade på Selma studsade han till. Såg hon inte ilsknare ut i den där frisyren? Selma smällde in köksstolen extra hårt, suckade och försvann in i rummet.

På eftermiddagen körde Artur ner till Lantmännens för att köpa en ny sekatör, eftersom den gamla gått sönder och han lovat Selma att klippa rosorna. Nyheten om Stig Bengtssons återfinnande var samtalsämnet för dagen och Artur kände sig väl uppdaterad i ämnet.

– Den där vinsten han talade om ... undrar just hur det är med den? Det är säkert svarta affärer, sa en av gubbarna, lyfte på kepsen och rev sig i håret.

– Ja, det var mycket pengar, kontrade Artur.

– Vet du hur mycket det är? Allas intresse riktades mot Artur och han kände sig stolt.

– Nja, lite information det har jag, mer säger jag inte. Han njöt av uppmärksamheten.

– Jag hörde att Bengtssons bil fanns hos en skummis i Sjöbo som trimmar bilar.

Personkännedom har jag, mös Artur för sig själv. Det såg jag väl med en gång att allt inte stod rätt till med honom.

– Den där konstiga pastorn lär vara på väg härifrån, sa plötsligt en liten magerlagd man med en så stor snusdos inlagd att det såg ut som han hade fått en fläskläpp. Du är väl nästan granne med honom, Artur?

– Inte kommer jag att sörja hans hädangång inte, skämtade Artur. Vet ni varför han ska flytta?

– Kollekten räckte förmodligen inte till hyran. Han är vräkt.

Lantmännens är bra, tänkte Artur när han körde hem. Hade han kört ner där varje dag hade de kunnat avsluta prenumerationen på Ystads Allehanda.

När han körde förbi Hernemos hus såg han hur karlen stod och lastade in saker i bagaget på bilen. Artur blängde mot honom och blicken han fick tillbaka var av samma valör.

– Hernemos har blivit vräkta! berättade han för Selma så fort han kommit in i köket.

– Det var då för väl. Men klart, man vet aldrig vad som kommer efter. Hoppas det blir någon trevlig ungkarl som passar Disa.

– Det finns ingen som passar henne. Hon är för udda. Hon skrämmer bort männen.

– *Artur*, det finns *faktiskt* udda män också. Se på dig själv.

– Vad då, mig själv? tänkte han när han gick in på toaletten och såg sig i spegeln. Tankarna for runt i huvudet på honom. Han ville konfrontera Hernemo om begravningen i trädgården. Visserligen kunde han gå dit sedan de flyttat och gräva, men hur skulle han veta vart Hernemo tagit vägen om han skulle behöva

sätta polisen på honom? Nej, han ville k
titta honom i ögonen – det var ett som var s
När han passerade sovrummet på väg ut i k
häpet mot taket. Vad tusan var det som häng
märkligt dinglade från taket. Liksom en ring med
serligen var det påsk nästa vecka, men något sådant
hade han då aldrig skådat. Inte var det färggrant hel
pynt brukar vara.

– Selma, vad är det för krafs som hänger i taket?

– En drömfångare, log Selma.

– Drömfångare?

– Det är indianskt. Den ska fånga onda drömmar. En sån kan du behöva, för det var rysligt vad du kved i sömnen i natt.

– Ja, du och Disa kan hitta på ni, skrattade Artur. Drömfångare …

– Få se, det var ju rysligt vad du blivit långhårig, Artur.

Artur strök sig med handen över håret.

– Nej, i öronen din tok.

– *Öronen*, dom kan man väl inte gå till frisören med. Och inte färga håret i dom heller som du gjort med ditt. Fruntimmer, fnös han.

På eftermiddagen skulle Selma titta på en svensk långfilm som gick i repris. Hon hade med bestämdhet sagt åt Artur att hon ville ha det tyst och lugnt.

– Jag går ner på gödselplattan och fortsätter med trädgårdsmöblerna. Då får du lugn och ro.

ade Selma.

Kanske borde han gå in till

kad av filmen. Han såg att

ård och hon skulle inget

er hur han skulle lägga

det inte var någon idé

a, utan i stället framställa det

nade baksidan, gick genom stallet

mot deras hus för att förvissa sig om att

i något fönster. Sedan gick han med raska kliv

gen. Han skulle inte knacka på Hernemos ytterdörr, för

Disa hade gått in till sig skulle hon se honom. Nej, här gällde det att vara försiktig. Han gick in vid andra sidan av huset, där de brukade ställa sin bil. Artur hann inte mer än svänga runt hörnet förrän han fick syn på Hernemo som stod och packade in saker i bilen.

– Var är liket? frågade Artur med myndig stämma.

– Hon är där inne. Vad gäller det?

Artur kom av sig. Nog såg Britt Hernemo ut som ett lik alltid, men att Hernemo trodde det var hustrun Artur syftat på kändes kränkande.

– Liket i trädgården!

– Vad pratar du om? sa Hernemo uppjagad, och med tanke på hans bestörta uppsyn var Artur säker på att hans antagande inte saknade grund.

– Vi såg när ni grävde ner ett lik i trädgården och från buskarna har vi också bevittnat begravningen.

– Från buskarna! Menar du att ni smyger omkring i buskarna?

– Det är fler än vi som sett det, fortsatte Artur och hans röst var fortfarande myndig.

– Är det det där schabraket tvärs över vägen? Hon behöver vård! Det räcker inte ens med Herrens böner, hon är tokig. Hernemo var kritvit i ansiktet.

– Flytta ska ni göra, har vi förstått? Men vi tänker ställa er till svars innan dess.

– Det är Herren som ställer oss till svars när den dagen kommer, ingen annan. Ge dig iväg innan jag ringer polisen.

Artur började känna sig orolig men bestämde sig för att behålla sin tuffa attityd.

– Vad bra att du ringer polisen, då slipper jag. Jag tänkte att dom kunde vara med när vi har gravöppning.

– Gravöppning? Nu bara gapade Hernemo. Vad är det för grav du pratar om?

Artur kände sig osäker, men han gick in mot trädgården och Hernemo kom med tvekande steg efter. Artur gick bort till den aktuella platsen.

– Här! sa han och lät handen svepa över den nygrävda fyrkanten. Då såg han att det var uppspänt trådar lodrätt i marken och vid varje ände satt en pinne med en fröpåse som markerade vad som såtts.

– OCH, sa Hernemo.

– Det var här begravningen ägde rum. Nu lät Arturs röst ynklig.

– Vad är det du försöker antyda, människa? Hernemo fräste ut orden genom framtänderna.

Artur blev spänd i hela kroppen.

– Först kom ni släpande sent en kväll med en plastsäck, sen hörde Disa att du sa något i stil med ”ta emot den döda” och något om att ”senare väcka till liv.” Ni hade ljus och annat fanskap också här …

– Svär inte i min trädgård, väste Hernemo och liknade en ilsken byracka. Vet du vad riter är?

Artur svarade inte men han förstod att det var någon form av alibi som Hernemo försökte föra fram.

– Växtriter, fortsatte Hernemo. Det i säcken var gödning, eller dynga som ni säger här ute. Hörde inte hon schabraket det? ”Tag emot den döda myllan.” Det var gödseln vi välsignade. ”Låt jorden omsluta för att senare väcka till liv” var en bön om att skörden skulle bli god.

Arturs hals försvánn och huvudet vilade på axlarna. Hernemo gick med raska steg bort mot förrådet och kom tillbaka med en spade.

– Gräv, sa han. Gräv tills du kommer ner i berggrunden. Om det nu finns en sån, tillade han osäkert.

Artur stod handfallen med spaden i näven.

– Gräv. Hör du inte?

Artur tog ett par tafatta spadtag samtidigt som Britt Hernemo förvånad kom ut på trappan. Hon stirrade på Artur som stod och grävde upp deras grönsaksland.

– Gå in, väste Hernemo mot henne. Han gräver efter lik!

Artur tyckte att han hörde jämmer från trappan innan dörren slogs igen.

– Fortsätt gräva! Vi får ändå ingen glädje av grönsakerna eftersom vi ska flytta. Seså …

Artur kände paniken stiga inom sig. Nu hade säkert Selma varit ute och kallat att kvällskaffet var färdigt. Hans vänstra knä ömmade vid varje spadtag. Han kände sig eländig.

– Nå, har du stött på något lik? sa Hernemo triumferande en kvart senare.

– Vi har nog missuppfattat situationen. Ursäkta, sa Artur samtidigt som han artigt lyfte på kepsen.

– Förstår du att det är allvarliga anklagelser att komma med?

Artur nickade generat.

– Ber du Gud om förlåtelse, ska även jag förlåta dig, sa Hernemo, och lät plötsligt som en präst. Säg efter mig. Han spände ögonen i Artur, och Artur tog av sig kepsen och böjde sitt huvud.

– Herre förlåt mig mina förvirrade tankar. Artur knäppte händerna och läste efter. Hernemo fortsatte: Giv mig det mod som krävs för att aldrig mer hänge mig åt spekulationer och ondsinta tankar. Amen.

I det ögonblick som Artur sa ”Amen” kom en kraftig åskknall.

– Gud har hört din bön, avslutade Hernemo.

Riktigt obehagligt var hela besöket där i trädgården. Artur skämdes och tackade sin skapare att ingen sett honom. Han lovade sig själv att inte låta fantasin springa iväg med honom igen. När han kom utanför trädgården kom Hernemo efter honom och gav honom någon sorts helig skrift eller tidning.

– Gå i frid, sa han, innan han började packa in i bilen igen.

– Sätter du på kaffe, Artur? frågade Selma, så snart han kommit innanför köksdörren. Filmen är så spännande.

Artur drog en lättnadens suck. Han kände det nästan som om bönen hjälpt. Selma hade inte saknat honom. När han gick in med kaffet till henne satt hon i soffan och grät.

– Dom är så vackra, snyftade hon.

– Det är väl ingenting att gråta över.

– Tänk om dom inte får varandra på slutet? Hon sörplade ur koppen.

– Det får dom alltid i filmer, fnös Artur.

Selma stoppade in sin lilla bomullsnäsduk i klänningsärmen som brukligt.

– Hörde du att det åskade, Selma? Så tidigt brukar det inte braka loss. Hur tror du det är med Disa?

– Disa?

– Tror du inte det slår rundslag i henne. Det måste väl vara mycket elenergi i åskväder?

Selma fick små veck i pannan. Påverkade åskan dem som hade elallergi? tänkte hon

– Tyst, nu kysses dom.

Artur gick ut i köket och satte sig vid köksbordet med sin kaffekopp. Han hade ju bara önskat att Gullros skulle bli stolt över honom. Han hade jobbat hårt för att få klarhet i allt, men ju mer han forskat, ju mer tillrört blev allting. Klart, riktiga poliser löste inte heller alla fall, men han kunde inte tro att någon någonsin blivit så förnedrad, som han blivit i Hernemos trädgård och egentligen var det rätt åt honom. Han brydde sig inte längre om hur mycket svarta pengar Stig Bengtsson hade i sitt bankfack eller om han trimmat sin bil eller inte. Men ärlig har jag varit, försökte han intala sig själv. Pang på det bara …

Han fick tillstå att det blivit många tokigheter den senaste tiden. Den förskräckta lilla tanten med sin käpp i bankvalvet, väckelsemötet och så nu detta i Hernemos trädgård.

– Var är liket? sa han högt till själv och skrattade. Ja, du Hernemo, och så var det bara morötter och dynga.

– Sa du något? ropade Selma från rummet.

– Jag sa god natt. Jag lägger mig, Gullros.

– Gör du det. Men sätt zigenardockan fint.

Fast Artur satt ett streck i kyrkobokföringen, som han brukade säga när saker och ting ordnat upp sig, så hade han tankemässigt inte fått alla bitar på plats i skallen. Det snurrade i huvudet. Han stirrade upp i drömfångaren. Den såg rogivande ut, och ro behövde Artur Jacobsson. Kanske utövade drömfångaren sin magi för märkligt nog hann han inte tänka som han brukade och liksom gå igenom dagen i huvudet förrän han somnade, men det var kanske bäst så.

Selma log när hon kom in i sovrummet och fann maken lugnt sovande. Zigenardockan hade han satt varligt ifrån sig och till och med lagt en snibb av överkastet över hennes ben. När Selma krupit ner i sin säng tänkte hon att mycket hade hänt med henne sedan Disa flyttat hit. Hon kände sig rakare i ryggen på något sätt. Ja, det lät kanske konstigt, men hon kunde inte förklara det på annat sätt. Kanske att hon hade vuxit som människa. Hon fick bekräftelse, men framför allt så hade hon roligt.

Hon tänkte på alla tokiga episoder. Ibland kunde Selma tycka att Disas utspel blev lite pinsamma. Som en gång när de varit på

Lindex i Simrishamn. Då hade Disa plötsligt höjt armarna och nästan skrikit: ”Sätt igång fläktarna, jag har fått en kärringakörning.” Några kunder hade fnissat generat, medan andra sett förskräckta ut. Trots att Disa snart skulle bli sjuttio påstod hon att hon hade klimakteriebesvär, vilket Selma betvivlade. Men bara att ha någon att tala med sådana saker om, tyckte Selma var skönt. Ja, med Disa kunde man tala om allt. ”Pinkar du på dig, när du nyser?” hade Disa plötsligt sagt en dag och så hade de skrattat. Det var också som om Disa gjort att hon fått en annan syn på Artur. Trots alla tokigheter han gjort sista tiden, så var han faktiskt häftig, precis som Disa sagt. Han hade en härlig nyfikenhet inom sig och det hade Selma också, men Artur var mer spontan och tänkte sig inte så noga för. Det blev som det blev, men han stod för vad han gjort, även om det tog lite omvägar ibland, och han rättade alltid till saker och ting. Hon kände en ömhet inom sig. Hon lyfte på täcket och stack in sin fot i Arturs säng, men han sov bara vidare. Hon lät foten ligga kvar i hans säng och kände en ilning av lycka fara genom kroppen.

Kapitel 15

Nästa morgon drog sig Artur för att gå ut och hämta tidningen. Han ville inte stöta på Hernemo, men han var tvungen att ta risken eftersom Selma annars skulle undra. När han kom ner till brevlådan och precis lyfte på locket hörde han Disa komma ut från sitt hus. Iklädd ett hellångt nattlinne med nyckelpigor ställde hon sig på trappan och gäspade så högljutt att Artur studsade till.

– God morgon, Artur,

– Redan uppe? svarade han.

– Fåglarna har en sån hysterisk morgonkonsert att det inte går att ligga och dra sig längre. Hon kom förtroligt fram mot Artur och såg plötsligt allvarlig ut.

– Artur ...

Han märkte att hon för en gångs skull hade svårt att finna ord. Men det var som om hon tog ny sats och han kände ett obehag inom sig.

– Artur, sa hon igen. Var du i Hernemos trädgård i går kväll och grävde och läste böner?

Artur släppte ner locket till brevlådan.

– Var du det? Vet Selma om det? Berätta sanningen.

– Där låg inget lik. Där skulle bli morötter.

– Jag förstår inte vad du menar. Skulle du gräva efter lik eller morötter?

Artur såg det för gott att berätta allt för Disa. Det rödburriga håret blev om möjligt ännu burrigare, och han tyckte det såg ut som om nyckelpigorna på nattlinnet började röra på sig. Hennes artiga leende övergick snart i ett okontrollerat fniss för att avslutas som ett bullrande skratt.

– Selma har rätt. Du är ta mig fanken inte riktigt klok, Artur.

Artur skämdes och böjde ner sitt huvud.

– Jag önskar att det fanns fler som du. Lika tokiga och aningslösa.

Artur tittade försiktigt mot henne, som om han inte visste om hon menade allvar.

– Säg inget till Selma. Detta var det sista. Nu är allt uppklarat och jag lovar …

– Selma är min vän och normalt vill jag inte undanhålla vänner sanningen, men detta tänker jag faktiskt skona henne från. Hon fnissade igen. Men då får du lova att göra mig en tjänst.

– Jag gör vad som helst, sa Artur ivrigt.

– Selma har också något … och nu vill jag att du ger henne din välsignelse till det hon kommer att fråga om.

– Vad är det om? Artur lät nyfiken och rädd på samma gång.

– Det är Selma som ska fråga dig, men du vet vad som gäller: du ska ge henne din välsignelse. ”Gå i Herrens frid”, skämtade Disa, hämtade sin tidning och försvann in i huset.

Vad hade Selma på gång? Oron steg som kvicksilvret på termometern en sommardag. Kunde han lita på Disa? Jo, *faktiskt*, tänkte han. Tokig är hon, men ärlig ... som jag själv.

Hela dagen var han avvaktande. Skulle Selma fråga? Och vad skulle hon fråga om? Artur var så frustrerad att han slipade hela trädgårdsmöblemanget. Det kändes skönt på något märkligt sätt att få ta i.

Vid kvällsmaten bestämde de att de skulle bjuda hem Klas med familj på skärtorsdagen.

– Disa har lovat visa mig hur man målar påskägg på ryskt vis. Björn hade kanske uppskattat det. Har du något emot att jag går till Disa en stund i kväll? Du brukar inte tycka om att vara ensam på kvällen. Innan Artur hann svara fortsatte hon: På tal om att vara ensam ...

Nu kommer det tänkte Artur och knep ihop ögonen.

– Disa och jag har planerat att åka tillsammans till Italien, sa Selma dröjande.

– Gör ni det, svarade Artur snabbt, och Selma tittade med förundran mot honom. Åk ni för böveln! Du behöver komma ut och röra på dig.

– Men Artur ...

Arturs andhämtning var tung. Skulle han gå själv här hemma? Disa och Selma borta, och den där jäkla pastorn hade väl också gett sig iväg vid det laget.

– *Artur*, sa Selma och spetsade till tonen. Du ska inte skämta om det, jag menar allvar.

– Det gör jag också. Jag kan köra dig till polisstationen i morgon om du behöver pass. Jag hittar dit ...

– Varför säger du det i den tonen?

– Äsch, du vet, jag tycker inte om att vara ensam, men jag har ju Murran och hönsen, skrattade han försiktigt.

– Du menar det alltså?

– Klart jag menar det, fast skynda dig att ordna biljett innan jag ångrar mig.

Den eftermiddagen var inte lik någon han varit med om på många år. Selma gnolade och sjöng. Det var rent av så att Artur också blev uppspelt. Innan Selma gick på kvällen, sa hon:

– Det gör inget att jag går till Disa?

– Jag får träna på ensamhet.

Han tittade genom köksfönstret när Selma gick iväg. Stegen var så ungdomliga och lätta att det var en ren fröjd att se. Tänk om jag skulle överraska henne när hon kommer hem! Jag kan göra oss var sin god smörgås, tänkte han. Snaps och öl ska det bli till – inget pågapiss, utan rejäla doningar. Han bestämde sig också för att duscha och ta på finbyxorna. När han gick förbi garderoben stannade han en sekund, varefter han öppnade garderobsdörren och plockade fram slipsen med de rosa elefanterna. När han gjort sig i ordning tittade han sig i spegeln.

– Det var en rysligt grann slips, sa han.

Han tittade sedan en stund på teve men beslöt sig sedan för att gå ner bakom stallet och titta när solen försvann i väster. Det var en lisa för själen. Hönsen kacklade när han gick genom hönshuset och Murran strök sig längs hans ben. När han kom ut på baksidan möttes han av en bedårande utsikt och solen var som ett stort orangefärgat klot. Han blev nästan tårögd över den vackra vyn.

Innan han skulle bege sig in igen, svepte hans blick som vanligt ut över åkrarna och ner mot baksidan av Disas hus. Han spärrade upp ögonen, blundade och öppnade dem igen. Vad i helsike … Så log han. Den sista strimman från solen reflekterades i Arturs slips och det blänkte till i elefanterna.

– Står de inte båda där som Gud skapat dom och svänger med pattarna, sa han till sig själv. Det var en vacker syn: himmel, natur och frihet … Han dröjde sig kvar, och när han gick över gårdsplanen på väg in, såg han en flyttbil lämna Hernemos hus. Strax därefter såg han paret Hernemo hoppa in i sin bil. Långsamt försvann billjusen längs vägen, och Artur förstod att det var sista gången han såg dem.

– Frid vare med er, sa han och lyfte välsignande handen.